· 本书荣获中宣部第十一届“五个一工程”奖 ·

走进帕米尔高原

——穿越柴达木盆地

刘先平/著

人民文学出版社

图书在版编目 (CIP) 数据

走进帕米尔高原：穿越柴达木盆地／刘先平著.—北京：人民文学出版社，2016
ISBN 978-7-02-011327-9

Ⅰ.①走… Ⅱ.①刘… Ⅲ.①纪实文学—作品集—中国—当代
Ⅳ.①I25

中国版本图书馆 CIP 数据核字（2016）第 013015 号

责任编辑 **叶显林**
装帧设计 **李思安**
责任印制 **史 帅**

出版发行 **人民文学出版社**
社　　址 **北京市朝内大街 166 号**
邮政编码 100705
网　　址 http://www. rw-cn. com

印　　刷 **北京千鹤印刷有限公司**
经　　销 **全国新华书店等**

字　　数 193 **千字**
开　　本 710 **毫米** ×1000 **毫米**　1/16
印　　张 15.5
版　　次 2016 **年** 8 **月北京第** 1 **版**
印　　次 2016 **年** 8 **月第** 1 **次印刷**

书　　号 978-7-02-011327-9
定　　价 43.00 **元**

卷首语

我在大自然中跋涉四十年，写了几十部作品，其实只是在做一件事：呼唤生态道德——在这个面临生态危机的世界，充分展现大自然和生命的壮美——因为只有生态道德才是维系人与自然血脉相连的纽带。我坚信，只有人们以生态道德修身济国，人与自然的和谐之花才会遍地开放。

呼唤生态道德

刘先平

生态道德的缺失，是造成生存环境危机的肇因之一。

感谢大自然！在四十年的山野跋涉中，大自然给予了我最生动最深刻的生态道德教育。因而无论是我创作的描写在大熊猫世界、相思鸟世界探险的长篇小说，还是我描写的在野生动植物世界探险的奇遇，我都在努力宣扬生态道德，呼唤生态道德在人们的心间生根、发芽。

环境危机重压着这个世界，这已是不争的事实。人们纷纷追究其原因，并寻找济世的良方。实际上，环境危机就是生态危机。

建设生态文明可以让中国为世界树立榜样，具有划时代的意义。生态文明建设必然呼唤着生态法律的完善、生态道德的树立，以从根本上消解环境危机，保护、营造良好的生态。

法律和道德是一切文明的两大支柱，也是人类文明的标志。几千年来，我们已拥有处理人与人之间和人与社会之间关系的行为规范、准则、法律及道德规范，却缺少处理人与自然关系的行为规范。《辞海》对“道德”的释义是：“道德是以善恶评价的方式来评论和调节人的行为的规范手段和人类自我完善的一种社会价值形态。”这足以说明：人与自然之间的关系根本未纳入“道德”的范畴，生态道德缺位；抑或可以说，生态道德根本没有进入我们的观念。这是认识的失误。

“生态”一词的出现，至今不过二百来年的历史，而对生态与人、与生存环境的紧密关联的讨论，在时间上则是更近的事情。这也从另一个侧面反映了人类在认识自然、认识人与自然、认识人与环境方面的重大失误，更加说明了树立生态道德的紧迫性和重要性。如果不能在全社会牢固地树立生态道德的观念，就无法建设生态文明及人与自然和谐的社会。

正是生态道德的缺失带来了环境危机。长期以来，我们在处理人与自然关系方面，根本没有建立系统的行为规范和道德，法律也严重滞后。因而，人们对大自然进行无情的掠夺，无视其他生命的权利，任意倾泻垃圾；没有预后评估、监测的科技滥用造成环境污染、资源枯竭，让生态失去了平衡。这些行为招来了大自然的严厉惩罚，直到危及人类本身的生存时，人类才迫不得已地去重新审视其与自然的关系，规范人与自然关系的法律和生态道德的重要性才得以凸显。生态道德与其他道德相比，有着鲜明的特点——它强调、突出人与自然的关系。我们亟须建立人类针对自然的行为规范，以调节人与自然之间的关系，从而消解环境危机，构建人与自然的和谐。这是时代向我们提出的重大命题之一。

相比较而言，树立生态道德比制定、完善生态法律，有其更为艰巨的一面。法律是“由国家强制执行的行为规则”，而道德则是公民应具有的修养和品质，是自觉的自我约束。当然，对法律的遵守，也是完善修养和道德的表现。法律可以明令从哪一天开始执行或终止，但同样的方法并不适用于道德。例如，有的行为违背了道德，却并不违背法律。这大概也就是媒体纷纷设立“道德法庭”的原因。生态道德在全社会的树立，是一个艰难而长期的任务，需要经历启蒙和培养的过程，对一个人来说，甚至可能是终生的。它需要全体公民的参与和努力。

四十年来在大自然的考察，六十多年的人生经历，让我逐渐深刻地认识到树立生态道德的重要性和紧迫性。四十年前我所描写的青山绿水，现在已有不少变得面目全非：大片原始森林被砍伐了，很多小溪小河都已退化或干涸，有些物种消亡了……

记得 1981 年我第一次到西部去，云南的滇池，四川的岷江、大渡河、若尔盖湿地所具有的美丽而壮阔的景象，让我心潮澎湃。现在，滇池早已被污染，变臭。2007 年 10 月，我再去川西，走过岷江、大渡河流域，看到到处在建水电站，层层拦江垒坝。在一个山村水电站工地，村民忧心忡忡地诉说：“大坝建成后，村前的小河就会干涸，到哪里去找吃的水啊？”这种只顾眼前的利益，无序、愚蠢地“改造自然”的行为对整个生态系统的破坏，早有显现。我国最大的高寒泥炭沼泽湿地若尔盖，泥炭层最深达 9 米，它在雨季吸水，枯季溢水，1000 克干泥炭可吸蓄 8 千克至 12 千克的水。它是黄河上游的蓄水库，蓄水量相当于三个葛洲坝。枯水季节，黄河水的 30%（一说 40%）由这里补给。但在 20 世纪人类曾挖沟沥水采掘泥炭，现在湿地已大面积退化为草原，沙化、鼠害严重。最具讽刺意味的是，有摄制组在这里拍摄红军战士过草地的场景时，竟然无法找到可以让演员深陷其中的沼泽，只好人工制造。如此，黄河屡屡断流，当然不足为怪了！

水是生命的源泉。水污染给整个生物链带来灾难性的影响，让人类的健康、生命处于极不安全的状态。中国五大淡水湖是长江中下游湖泊群的代表，是人口最为密集地区的生命线，号称“鱼米之乡”。但只经历了短短的二十多年，其中的太湖、巢湖已是一湖臭水，根本无法饮用。其他的也都面临着湖面缩小、水质被污染等生态恶化问题。在经济发达的长三角、珠三角地区，水污染更是触目惊心。

大自然养育了人类，可我们缺失了感恩之心，缺失了对其他生命的尊重，妄自尊大，胡作非为。当人类对自然缺失了道德，自然也会还之以十倍的惩罚！

我曾立志要为祖国秀丽的山河谱写壮美的诗篇，但只是短短的二三十年，我所描写的山川河流不少都已成为“历史”和“老照片”。

我曾冒着种种的危险和艰难，在野生动植物世界探险，无论是描写滇金丝猴、梅花鹿、黑叶猴，还是红树林、大树杜鹃，都是为了歌颂生命的美丽，但总是见证着生命的悲壮——它们在人类的猎杀和砍伐下苦苦挣扎。就连每年要进行一次宏伟生育大迁徙的藏羚羊，或是给人类带来福祉的麝，或是山野中呼唤爱的黑麂，都无可避免地遭受着厄运。它们生存的空间正被人类蚕食、掠夺。

这使我产生了无限的忧伤和愤怒，也促使我更加努力地呼唤生态道德的树立，也更寄希望于孩子——他们是人类的未来。

正是大自然的生存状态，激起我决心在一些作品之后写下后记，为过去，为未来，立此存照。

四十年来，大自然以真挚、淳朴和无比的热情，接纳了我这个跋涉者，倾听我的诉说，抚慰我的心灵，与我结下了深厚的友谊。无论是山川湖泽，还是野生动植物世界的生灵，都是我的朋友。

热爱生命，尊重生命；热爱自然，保护自然，保护环境，是生态道德最基本的范畴。

我们来自于自然，与自然有着血肉相连的关系。早期的人类对自然是顶礼膜拜的。很多的部落，将动物的形象作为图腾。我们的祖先，对人与自然关系的认识，曾有过很多智慧的表述，如“天人合一”、盘古开天地的创世传说等，至今仍是经典。

从世界教育史考察，对自然的认识，一直是教育的最基本、最经典的内容，它为我们讲述天体、气象、山川、森林、环境和资源等。我们的祖先曾以人类生存的环境、人类在自然中的位置作为人生的启蒙，在人生的启蒙阶段培植对生命的热爱，对自然的感恩。但这种优良的传统，随着人类社会、经济，尤其是科学技术的发展，逐渐淡化或消失。城市钢筋水泥的建筑，活生生地切断了人们与自然的联系。生活在现代都市里的人们不知稻、麦为何物已不是怪事。缺失生态道德的社会，由于科学技术的发展，不仅使自然失去了“自然”，更为可怕的是使人类失去了自然。

我希望用大自然探险奇遇，还给人们一个真实的大自然世界，激活人类曾有的记忆，接通人类与大自然相连的血脉，让人们接受生态道德的洗礼、启蒙，同时启迪人们对人类自身的未来予以思考。请千万不要忘记，大自然是人类的母亲，大自然也是知识之源，人类正是在不断探索自然奥秘的过程中，才使得科学技术发展到辉煌灿烂。即使到今天，生命的起源仍是最难解的命题。

道德是一个人的品质、修养、不朽的精神；道德力量的伟大，犹如日月星辰。我一直坚信，只有人们以生态道德修身济国，人与自然的和谐之花才会遍地开放。

走进帕米尔高原

——穿越柴达木盆地

目 录

走进帕米尔高原

——穿越柴达木盆地

我想将大漠赠给每个人作为故乡！

宇宙是地球的故乡，
雪山是水的故乡，
山的故乡呢？
——帕米尔高原。
你的、我的、他的故乡在哪里？
我常常听到大漠的呼唤，
那是地球童年的呼唤，人类童年的呼唤，
那里纯洁、宁静、平和，
那里凝聚了天地之气，
那里蕴藏着天地人和最敦厚的道德，
那里充满了生命的快乐和壮美！

* * *

我想将大漠赠给每个人作为故乡！
故乡是生命的诞生地，我们从故乡走出，
张扬生命的华彩，又时时翘首回眸，眺望故乡。

大漠在召唤

历史学家、地理学家、人类学家、文化学家……都说河流是民族的源流、文化的源流……

没有高山，哪有河流？喜马拉雅、莽莽昆仑自西向东，奔祁连、岷山、秦岭，走大别山……如巨龙飞腾，风起雷动，江河奔流，繁育了众多的民族、多彩的文化，谱写出生命的华章！

追寻生命的奥妙，我们走向帕米尔高原。

2004 年 8 月，在蒙蒙细雨中，我和君早到达了西宁。这是我在五年中第三次到青海。我是在探寻江河之源后，激发起了仰视大山神秘的渴望。

选择穿越柴达木盆地，翻越阿尔金山，沿昆仑山北、塔克拉玛干大沙漠南缘至帕米尔高原，是我对于大漠呼唤的回应。

大漠，有着太多太多的神奇，蕴含着太多太多的奥妙，它是我跋涉途中无数起点的一个。

这次大漠之行，在我潜意识中是对童年、少年时代的追索。一提到柴达木，我的耳边总是响起《勘探队员之歌》，脑海中浮起 20 世纪 50 年代，一群群年轻人高唱着“是那山谷的风，吹动了我们的红旗……”走进柴达木探宝的景象。

它在我心灵上的巨大反响，或许正应了外婆常说的故事：在西方有座聚宝山，金银所垒，宝石遍地，但有恶魔把守。有位少年苦练本领，决心寻宝。他闯了九十九道关，斩杀了九十九个恶魔，终于将聚宝山变成了乡亲们的财富……

人的童年，总是有个寻宝的美梦。

· 帕米尔高原

“柴达木”是蒙古语的音译，大多意译为“盐泽”，史料中也有译为“宽广”的。精通蒙古语的蒙古族兄弟也将其译为“一片浅缓倾斜的、有着鹅卵石的大漫坡”。在我穿越柴达木盆地之后，我感到这三种译法都异常形象地描绘了它的一个侧面。

盆地是个特殊的地理单元。平原一望无边，坦坦荡荡；盆地总是有着悬念，看清它的欲望，能激发起探索的热情。

柴达木是我国四大盆地之一，在其西北有新疆的准噶尔、塔里木，在其东有四川盆地。我们对盆地的认识也有误区，认为盆地少、平原多。但据地理学家统计，我国盆地的面积大于平原的面积。

柴达木盆地是我国海拔最高的内陆盆地，四周为昆仑山、阿尔金山、祁连山所环绕。平均海拔 3000 米左右，底部海拔为 2600—3000 米。盆地东西长 800 千米，南北最宽处为 350 千米，面积约 25.5 万平方千米（也有 24 万平方千米或 25 万平方千米之说），比罗马尼亚整个国家（23 万多平方千米）还要大。古人曾说：“南昆仑，北祁连，山下瀚海八百里，八百里瀚海无人烟”，其实这也是一种认识的误区。

四川盆地是绿色的鱼米之乡，富庶、肥美，而西部的三个盆地，却是沙漠、戈壁。柴达木盆地内有名的盐湖有 20 多个，最为著名的是察尔汗盐湖，面积有 4704.8 平方千米。其盐的储量够全世界人食用 2000 年，或供中国人食用 7000 年。真是名副其实的“盐泽”。

盆地中有沙漠、巍峨的雪山、无边无际的草原、一川砾石的戈壁、星罗棋布的湖泊、千奇百怪的雅丹地貌、泥漠、盐漠……地貌多样，生态多样，是一座丰富多彩的地质公园。

它是七彩聚宝盆，蕴藏着丰富的石油、天然气等等 50 多种矿藏，有 30 多种的储量位居全国的前十位，其中钾、纳、镁、锂的储量为全国第一。1983 年在这里曾采到一块重达 3500 克的天然金块！有目前全国已知的最大的铅、锌矿——铁锡山。

最令我心动的是，柴达木还是高原动物野驴、野牦牛、麝、野骆驼等的乐园，是东西向的悠长的生物走廊——生命的走廊。

这里的原始人曾创造了极其灿烂辉煌的文化，是中国的彩陶故乡，是世界的艺术殿堂。

这里还是一条南迁的丝绸之路，即“羌中道”，更是鲜为人知的通向中亚、欧洲的香料之路。

传说，玉皇大帝失落了七彩藏宝图，落在昆仑山下……

惊世彩陶

出西宁之后，我们沿着湟水上溯。湟水流域是青海省历史上重要的农业区，至今仍是青海的政治、经济、文化中心。它的源头在海晏县东北的包呼图山。浩浩荡荡的湟水造就了千里沃野之后，经乐都、民和注入黄河，形成了富饶的河湟谷地。两岸油菜籽已结荚，青稞穗头低垂。

在烟雨朦胧中，隐约的水激声、依依的杨柳，似也是上溯着历史的时空，传出了当年西行求经者的脚步声——公元 4 世纪著名高僧法显，就是溯湟水至西宁，再越葱岭（帕米尔高原）西行。公元 5 世纪的昙无竭，更是穿越柴达木盆地至新疆，越葱岭前往印度，追求自己所渴望的。这里就是史载的南迁的丝绸之路，即“羌中道”。

风起云动，浓淡不一的云，在斑斓原野的上空，或飞旋，或舒卷，或奔涌……优美而壮阔。

变幻无穷的画面，似是再现了 4000 多年前柳湾彩陶的艺术创造空间。

柳湾就在这湟水谷地，它原来只是一个普普通通的名不见经传的村寨。

1974 年春，农业学大寨移土造田中，一批彩陶出土。

重现的历史光彩，辉亮了一位正在这里巡回行医的军医的眼睛。他将收集到的彩陶送到了省文教局。

文教局立即来人调查，其中一个浮雕彩绘的裸体人像彩陶壶引起了轰动。人像站立，两腿的外侧分别绘有带爪指的折枝纹，壶腹上绘有黑色的变体神人纹。

专家们欣喜若狂：这个人神共体彩陶壶的奇特的审美，留下了太多的想象空间。

随着对柳湾新石器时代到青铜时代氏族的 1500 座墓地的发掘，千姿百态、色彩和图案层出不穷的 15 000 多件陶器，可称为举世彩陶之最！它们展示了先民极其灿烂的艺术才华，震惊了世界。这是举世罕见的原始人的艺术的殿堂！

自 20 世纪 20 年代瑞典科学家安特生在仰韶发掘出彩陶以来，彩陶就成了考古界的热门话题。彩陶很可能是人类开创用一种物质制造成另一种物质的历史见证。制陶奥妙的魅力，至今还使很多人迷恋在陶作坊去寻求那种心醉的感觉。彩陶是不是人类最初的艺术创造？它出现在世界上的很多地方。柳湾彩陶晚于仰韶彩陶，在生产并不发达的 4000 多年之前，为何偏偏在柳湾那样集中地创造了原始人登峰造极的艺术辉煌？

现在，柳湾已建立了我国规模最大的彩陶博物馆，存放了 37 925 件陶器。它很可能是世界上最为丰富的彩陶博物馆。

这 15 000 多件彩陶的艺术魅力，还在于其上花纹的无穷变化，就像河湟谷地上空的云线，或舒张，或扭曲，或旋转，或奔涌，或起伏，或跌宕，或行云流水，或高山仰止……透出我们祖先审美的灵动。其图案的多姿多彩，更是穷极想象。它对线条的勾勒、幻化的艺术，至今还是国画艺术摹写的监本。

再是彩陶的器形，新颖别致，有方形带耳盒、长颈壶、提梁罐、带流壶、口部穿孔圈足豆……

最为神奇的是彩陶上的符号。专家们对 600 多件彩陶器上绘有的 144 处不同的符号产生了极大的兴趣。经过研究，它们绝大部分是几何形的指事符号，而从历史年代在其后的商代甲骨文约 4500 字看，也多是象形与指事组成的会意文字。但甲骨文起源之谜至今未能解开。柳湾彩陶上的符号，有无可能就是甲骨文的先身呢？

民族学家们说，中国最古老的民族并不是汉族，而是羌族和苗族。柳湾彩陶上的形象也是根据之一。震撼世界的那个浮雕彩绘裸体人像陶壶上的人像画有黑线纹的披发。据史书记载，羌人以披发为美。

再是与其地理、历史年代相邻的齐家文化中，出土了一面可系于木棒上的七角星形纹铜镜，是已发现的最早饰有花纹的铜镜。民族学专家考察，四川茂县羌族巫师的法器就是手执铜镜照妖、避邪。

2003 年 4 月，我们在四川的北川考察。小寨子沟自然保护区多是羌族的村寨。主人说史有记载“禹生石纽”，石纽就在其附近，禹是羌人。他热情地领着我们去参观大禹故里，博物馆的建筑古朴而庄严。

· 四川北川羌族自治县至今依然保存着众多古老的羌族村寨

今天，河湟谷地依然是藏族、撒拉族、满族、土族等少数民族兄弟的家园。中华民族正是多民族精华的融合集聚。

历史学家认为，在齐家文化之后，尚有出土的卡约文化（上孙家寨类型）、辛店文化、诺木洪文化等，都是羌族文化。在这一时期的陶器上，出现了众多的动物群像，如大角鹿、犬、羊、苍鹰、各类水禽……甚至有 20 多只动物刻在一个陶器上，这是由农业转入农牧业的社会。

历史学家说，游牧民族与农耕民族之间的冲撞和交融，是解读中国古代史的一把钥匙。正是在这种血与火的拼搏征战之中，造就了民族的融合、灿烂辉煌的文化！

人们不禁要问：柳湾人哪里去了？那辉煌耀目的文化艺术、文明为何突然消失得无影无踪？难道也如玛雅文明的消失一样成为千古之谜？

历史学家在寻找，民族学家、考古学家也在寻找。

这 4000 多年之谜终于有了端倪：考古学家在河湟谷地的民和县喇家齐家文化遗址中，发现了洪水和地震的遗迹。这说明确有洪荒，治水的大禹也就理所当然地成了民族的

·河湟谷地至今仍是多民族聚居的区域。这是一位充满艺术天才的土族妇女

英雄!

是一场地震、洪水掩埋了柳湾的文明。在发掘中，遗骸的姿态再现了4000多年前先民们在灾祸突然来临时，母亲支起双臂掩护孩子，一家数口惊慌失措、万分恐惧的状态……震魂慑魄!

洪水、地震是天灾，但天灾常常是由人祸引起的，如那样发达的彩陶文化、青铜文化，当然要砍伐森林，开荒种地。对自然无情地攫取，招致大自然的惩罚，至今不都还在警示着我们吗?

蓝色交响曲

五年前盘绕高原的路途，现在已是平缓的环青海湖自行车赛的赛道。

野花在雨雾中朦胧妩媚，茫茫的草原寥廓悠远。车在爬坡，云天骤然洞开。

突然满目青青，倾刻间蓝色溢满天地，寰宇只有色彩涌动——她总是以绝世的容颜矗立在人面前，令人迷乱，屏声息气，这就是青海湖！大自然赋予她惊人的美貌！

天也有情，从洞开的云天中将灿烂的阳光投下。我们立在高冈俯瞰，青海湖蓝得如天空、如宝石，蓝得晶莹，蓝得透明，蓝得舒展，蓝得壮阔。

我们急切、快速地奔向湖边。青海湖却如少女般羞涩地隐去了蓝色的披纱，只有清亮、明澈。湖底红色的卵石、黄色的砂粒历历可数。几条鳇鱼轻盈地游来，鳍在摇曳，嘴在翕动。

泼剌一声，一只鱼鸥挺着长喙，闪电般地追来，鳇鱼惊炸四散。晚了，鱼鸥的长喙已钳住了猎物，蹿出水面，扬扬得意地拍着翅。这样的精彩，只有在青海湖才能看到。

美是有距离的。我们又登上湖边的台地。

正是日上中天，又是满湖青色。

微风乍起，那蓝、那青、那靛，斑斓起伏，紫气浮荡，粼粼波光如音符跳动，天籁之声骤起，蓝色交响曲波澜壮阔，在天宇回荡。

她用色彩的变幻，鸣奏出惊世骇俗的最为神圣的乐章！

每当春夏之交，十几万只斑头雁、棕头鸥、赤麻鸭、天鹅等云集，翱翔在蓝色的青海湖上。那是激情澎湃的生命乐章，欢快地飞旋，犹如《蓝色的多瑙河》，尽情抒发生活的欢乐，感悟生命的可爱、轻盈、多情！

她用生命的多彩，鸣奏出旋律诡异的最为欢乐的乐章！

有地理学家将中国的自然区域分为三大板块，东部是季风区，西北干旱区，主要指新疆和内蒙古，再就是青藏高原区。青海的独特之处正是她浓缩了这三大区的精华：东部季风区、西北干旱区、青藏高原区。这是其他任何一个省区所无法比较的。而这三大区的交会点，正是青海湖！她不仅聚合了这三区的灵气，放射出它们的光彩，又融会成她独特的刚柔之美！

青海湖的无穷魅力，正在于此！

我陶醉于青海湖，正在于此！

有的湖泊虽有青海湖的容颜，却没有万鸟飞越腾挪的律动，没有熙熙攘攘的生命的歌唱。有的湖泊虽有群鸟翱翔，却没有那蔚蓝的纯洁的配乐，缺少巍峨的雪山构筑的舞台。

只有到西部，到青藏高原，到帕米尔高原，到川西草原，到横断山脉……才能看到水的宁静与浩荡，才能看到水的色彩与变幻。

水的色彩和生命形态

仁者乐山，智者乐水。只有在西部，你才能看到大山与水的相依，你才能领悟“仁”“智”的相融。

一提起水乡，我们总是首先想起东部长江中下游的湖泊群——中国五大淡水湖全部集结在这里。我是在巢湖边长大的。其实，我们有一个认识的误区——西部缺水。这个误区是由印象中的西部总是干旱少雨，沙漠戈壁遍布造成的。当我匆匆走遍西部，才认识到水的源头在西部，真正的水乡在西部。据统计资料显示，仅青藏高原，大于 10 平方千米的湖泊数，占全国的 60.4%，面积占全国的 53.2%，蓄水量占全国的 75.8%。

水之源在西部，山之源在西部。无论是黄河文化还是楚文化，中华民族文化的根都在西部。柳湾彩陶就是明证之一。

水的生命形态是变幻的。在高山，它是以雪花的形态飘降的。雪花凝固成冰，冰是晶莹的固体。雪山、冰川的融水，诞生了长江、黄河、澜沧江、怒江、雅鲁藏布江、岷江这些大川大河。流动的柔美，忽而波澜壮阔。大气的蒸腾，聚而为云……她是生命的循环往复，在往复循环中创造生命的灿烂。

从帕米尔高原发育的，在巍峨的喜马拉雅山、昆仑山、冈底斯山、唐古拉山的脚下，星罗棋布的湖泊群，辉映着林立的雪峰。在每条大江大河的源头，都有湖泊群簇拥。黄河源头的玛多县号称“千湖之县”，计有4000多个湖泊。长江源的可可西里，有数百个湖泊。

世界上海拔最高的湖泊在西部，新疆的艾丁湖又应是海拔最低的湖泊之一。

当然，西部湖泊最叫看点的是蓝色，纯洁、宁静，与巍巍的雪山、葱郁的森林、绿茵的草地构成了人间的至善，至真，至美。无论是纳木错湖、色林错湖，还是鄂陵湖，都是蓝得耀目，蓝得壮阔，蓝得浩瀚。

那蓝色之所以摄人心魄，还在于我们是从东部去的。东部的湖泊由于河流夹带了大量的泥沙，浊浪排天。即使是到了冬天的枯水季节，我们巢湖边的人也只能运用智慧，创造“粉水”来形容它的颜色。若以水的色彩说，东部秀美，惯用“绿水青山”，但最后也不过是“春来江水绿如蓝”。

有人说，青海湖的蓝色，其奥妙在于水深：最深 27 米，平均水深 21 米。

科学家说，高原湖泊呈蓝色，原因既有水深、透明度高，也有紫外线强烈，水中所含盐类矿物质的作用……

其实，在川西，凡是湖泊，大者数千平方米，小者只有一二百平方米或几十平方米的统统被称为“海子”。我见过很多这样的海子。起先疑惑其为何叫“海子”,后来才悟出，因为它有大海的颜色。

西部湖泊的形状千姿百态，色彩如梦如幻。九寨沟的五花海应是登峰造极之作，同一湖水，蓝、绿、黄、红、紫纷杂相呈，焕发出奇妙的光彩效应。

喀纳斯湖，又以变色而著称，随着晨光夕照、阴晴雨雾，湖水时而淡绿，时而银白，时而绯红……

一提起湖泊，小学生也耳熟能详，随口报出鄱阳湖、洞庭湖、太湖、洪泽湖、巢湖。但若要问中国最大的湖，却很少有人知道是青海湖。青海湖逐渐著名，也只是近三四十年的事。其实，它的著名并不是因为有 4635 平方千米的面积，而是因为那座只有 0.27 平方千米的鸟岛——几万只水鸟在春夏之季，集结于此筑巢、繁衍，喧嚣的生命焕发出的无穷魅力。人类从狂妄的唯我独尊中醒悟后，才意识到多种生命相互的辉映，将造就世界的繁荣。

更少的人知道，由专家评出的中国最美的五大湖，有三个在西部——青海湖、纳木错湖、喀纳斯湖。长白山的天池在东北，只有西湖在东部。

这不能不说是对文化、历史、地理认识的误区，但更深层次的原因大概是人类的急功近利。

西部大多是咸水湖，淡水湖较少。

青海湖是咸水湖，既不能饮用，又不能灌溉，不是人类须臾离不开的淡水。

湖泊也有生命，她们诞生时也是淡水湖。青海湖曾辉煌地奔涌到黄河，只是地壳的隆起，遏住了她奔向大海的脚步。原有 100 多条河流注入其中，只是地质的变迁、气候的乖戾、人类的活动、生态的破坏，致使现在只有 40 多条河流注入。据近 80 年的统计，每年河水补给量大约在 40 亿立方米，蒸发量却高达 70 亿立方米。巨大的入不敷出的结果，使得湖水每年平均约下降 10 厘米。1908 年时湖面有 4980 平方千米，到 1986 年却只有 3430 平方千米，少了将近两个巢湖的面积（769.5 平方千米）。

西部湖泊的生命形态，由于蒸发量和补给量的巨大反差，不断缩小面积。同时，由河流从广漠地域带来的各种盐类，浓度逐渐增加。

盐分成了水质的重要指标。

科学家制定了一个标准：每升水中含盐少于 1 克的为淡水湖，1—35 克的为微咸水湖，35—50 克的为咸水湖，大于 50 克的为盐湖。盐湖也称卤水湖，还有水，保留了湖的通常形态，但卤水湖会干涸，波光粼影会从地面上消失。有人说，作为湖泊来说，它已由少年、壮年走到老年，最后走完了生命的历程。

其实，盐湖已幻化为另一种生命形态，充满了神秘，充满了宝藏，充满了哲理，充满了浪漫的情怀……这是否一如庄子的“化蝶”？这正是我们要在柴达木盆地窥视的奥秘，也是我们要去茶卡盐湖、察尔汗盐湖、东台乃吉尔盐湖凿空探索的神秘，去领略蓝色交响曲最为含蓄敦厚的乐章！

红牌频示

风起云涌，只一会儿，阳光收敛，雾气弥漫，湿气直往身上沾。我们离开台地，急急向鸟岛奔去。

近几年保护区采取了禁牧措施，草地丰美了。早熟禾草紫色的花穗，铺展得湖滩艳丽豪华。五年前令我们担忧的飞沙形成的梁，已为一种叫冰草的植物封住，一片青绿。

鸟岛已是历史的名称，在青海湖的东面。它确实曾被湖水所环绕，但巨大的蒸发量使湖水不断下降，十多年前已与岸边相连成为半岛，现在只是湖滩的一隅。但是斑头雁、棕头鸥和鱼鸥仍然依恋着这片神秘的土地，每年春天从越冬地区到这里寻找爱情，生儿育女。在这仅仅 0.27 平方千米的弹丸之地，竟然云集了几万只的鸟儿，这是何等熙熙攘攘的鸟类世界！

虽然已无法看到几万只水鸟，谱写一个生物年中最为壮美的篇章——创造生命的辉煌，但在鸟岛观察室内，电脑做了精彩的回放：为了求偶，它们鸣声震天；为了争夺筑巢的地盘，它们斗得羽翻毛飞……

为了建筑子女的摇篮，鱼鸥毫无愧色地偷去邻居的材料。棕头鸥甚至拐骗斑头雁的孩子，竟然在光天化日之下将其吞食……

然而，一当空中出现猛禽海雕偷袭的身影，无论是斑头雁还是鱼鸥、棕头鸥的一声呼喊，岛上的居民立即起飞，前堵后截，群起而攻之，直到海雕落荒而逃。这些画面展现了水鸟世界的大千气象，也展示了生存竞争的法则，令人心里涌起无限的思绪！

观察室在鸟岛的高坡上，半地下的建筑，从观察窗向外看去，近在咫尺的鸟岛一览无余。出了观察室，刚走到路口，我们意外地碰到了小任。小任在青海从事自然保护工作，是我五年前结识的朋友。他身材敦实，高原的黧黑在脸上闪光，那是他曾去可可西里、长江源获得的奖章。我的很多高原奇闻都是从他那里听来的，他给了我很多的鼓励和支持。真是他乡遇故知。他回答了我的很多问题：

禁牧只是保护生态的措施之一，成效已由湖边植被的恢复做了最好的说明。

濒危的珍稀动物，如普氏原羚的种群有了新的生机，同时食肉动物的数量也在上升，而且智商普遍提高。

鸟岛周边建了栅栏，狗却从底部掏洞，钻进去残害雏鸟。狐狸更聪明，竟然学会了爬栅栏，如登梯子。等到守卫员发现，大声吆喝，它已鱼跃而下，闪电般地冲入鸟岛，叨起还未来得及反应、正在孵蛋的斑头雁就溜……

生态有所好转，但揪心事还是不少，湖水的下降、过度的放牧加速了沙化。南面的湖边，竟然出现了沙滩游乐场！

禁牧吗？我就开荒种地。你肯定发现原来的草场已种上了油菜。很多注入青海湖的河流上游，都建起了水库，层层截水。

今年春天，正当鳇鱼溯水而上，要到淡水中去产卵时，刚察县的沙柳河上游水库蓄水、断流，致使几千吨产卵的鳇鱼搁浅！青海湖水温低，鱼儿生长缓慢。再是，水位不断下降，湖水中盐的浓度年年增加，如不采取断然措施，要不了多久，鱼再也无法在湖中生存！

青海湖是我国湖泊的形象大使，千万别忘了，这位大使的形象是要靠我们来塑造、维护的！

守望普氏原羚

星星在天陲闪烁，青海湖还在酣睡中，粼粼的波光似是生命的脉动。

虽是 7 月的暑天，高原黎明前的寒气还是不时激起冷战。雨后，沉重的湿气中，溢满了马奶子、龙胆花的清香。我们潜伏在草丛中，注视着沙地的方向，盼望着那个可爱精灵的身影——普氏原羚的出现。

今天守望可爱的普氏原羚，是小任帮助安排的。

五年前，我和李老师去布哈河追寻鸬鹚在水泊中围堵大鱼后，在回程的路上，发现高坡上有三只金黄的羊，在晚霞中，如毫毛毕现的雕像。它们正伫立凝视，我们目光相对的瞬间，心灵竟被激得犹如电光石火……等到想起相机，连忙举起时，它们已扭头飞驰而去，只将雪白的尾花留给我们……

那对视瞬间它们眼神中流露的警惕、恐惧，让我不安。

回到住地，我向小任说起时，他问："羊角是什么形状？"

我说了那对黑角优美的双弧。

小任说："咳！那不是普通的黄羊，是难得一见的稀有的普氏原羚！青海湖周边是它唯一的栖息地，也只有在青海湖才能观看到它们美丽的身姿。算你们运气好！我来这里几个月了，都还无缘见到这个宝贝。明天早上你带我去。"

是呀，在新疆的卡拉麦里山、在大戈壁，我都见过黄羊的身影……难怪今天见到时有种特殊的感受。

他当然是看到我被说得一愣一愣的，于是做了说明："你一定知道沙俄探险家普尔热瓦尔斯基，100 多年前他曾领着一大帮子人，准备穿越青藏高原。在青海湖边，他射杀了一只黄羊。当捡来猎物时，正是那对黑角的优美弧线使他感到惊奇，感到这角绝不是普通黄羊的，应该是一个新种！发现的喜悦，使他兴奋不已。

"标本运回俄国，经过动物学家的鉴定，以猎获者命名的'普氏原羚'也就应运而生，动物俱乐部的名录中有了一个新的成员。"

五年前的那天，东方未露白，小任就来喊叫。在晨曦微露中，我们赶向昨晚发现普氏原羚的地方。我们潜伏在那里直到日上中天，也未见到普氏原羚的身影。

在回程的路上，小任说，"普氏原羚"的故事充满了戏剧性。几年前中国科学家在俄罗斯访问时，曾去博物馆看"普氏原羚"标本。然而等待他们的是瞠目结舌：那只是一只藏原羚的标本，绝对不是以普尔热瓦尔斯基命名的原羚！

"所以，全世界想看这可爱的动物，只有到中国的青海湖！"小任像位演说家一样，将右拳往上一举，做了个不容置疑的结论。

这使我想起了大树杜鹃花的故事。

杜鹃花为木本花卉之王，花色鲜艳多样，红、黄、白、紫，五彩缤纷，花形千姿百态，有筒状的、钟状的、碗形的、瓮形的……每一簇花由几朵、十几朵或二十几朵的小花组成，个体美与整体美相得益彰。

全世界有 900 多种杜鹃花，我国有 500 多种，占世界一半多，其中有 300 多种是我国的特有种。而云南竟有 250 种，61 种是特有种。我国是杜鹃花的富有国，是杜鹃花的故乡。

西方植物学家的权威曾说过：没有中国的杜鹃花，便没有西方的园林。

英国的贵族甚至用杜鹃花作为门第的象征，以致游客拥向英国观赏杜鹃花，反而忘了它的祖国。这和爱丁堡植物园的一位采集员有关。

他叫福瑞斯特，在 20 世纪初来到云南，28 年中采集了大量的的动植物标本。尤其是在1919年，他在高黎贡山发现一棵高达25米的大树上，开满了红色的杜鹃花。他不敢相信自己的眼睛，可大树就伟岸高耸地立在面前。他量了一下基部直径是0.87米，胸围2.7米。他命人将它砍倒，截下圆盘，年轮是250圈。花朵奇大，由20多朵小花簇拥成大盘，色泽水红。

标本被运回英国，陈列在大英博物馆，轰动一时。1926年它被正式命名为大树杜鹃。

这个故事，是植物学家冯国楣说的。那是1981年的4月，他还陶醉在幸福中，陶醉在成功的喜悦中。因为他已寻找了30多年，充满了传奇。正是不久前，他终于在高黎贡山的深处，找到了大树杜鹃，圆了一个梦！他的民族自尊心、他的喜悦，深深地感动了我。我立誓重走他的寻觅之路。

我于1991年到达伦敦，第二天就叫君木领我去博物馆。整整一天，我们未能找到大树杜鹃王的标本。1997年再次去英国，我又到爱丁堡植物园，仍然未找到那个令我挂念的标本。

我的大树杜鹃王寻觅之路也多曲折，虽然数次去云南，有一次竟到了腾冲，却因正值雨季高潮，未能进入高黎贡山的深处。2002年，我终于有了机会去圆梦。刚到昆明，我就急忙去拜访冯老。冯老80多岁高龄，仍然鹤发童颜。我说出在英国未看到大树杜鹃王标本的困惑。谁知冯老也说：“他们请我去，我在伦敦也未找到。问博物馆负责人，他想了半天，说可能是收起来了，因为展品很多。”对此一说，我们只能耸耸肩。

冯老说，英国的朋友捧出了杜鹃花画册，请客人观赏。冯老只是略略翻了几页。

英国朋友恍然大悟：“抱歉，我忘了，它们多数都是从中国引种来的。要看杜鹃花，当然要到它的故乡中国。印制得再精美，也无法和开放在野外的杜鹃花相比！”

……

一块鱼肚白在东天弥漫，逐渐隐去了星星。草尖上的露珠晶莹。天色亮堂起来了，雪山闪光，远处的沙地一抹细浪。高原的初晨如西部少女一般妩媚……

有异样声，我立即收回了思绪。却是一只斑头雁模样的水鸟正扇动着翅膀，从湖湾中飞起。不是普氏原羚，却是个信号：动物们已开始了新的一天。

君早碰了碰我的手臂，一扬下巴。是的，沙地的深处确有动静，但只一会儿又悄无声息。

“别是沙的滑动声？”

沙对气温敏感，高原昼夜温差大，容易产生“鸣沙”。

“食草动物警惕性高，可能正在驻足观察，注意！”

雪山披起彩霞了，红艳飞溢。高原大地弥漫起胭脂雾……隐约之中看见羊群飘飘忽忽……

我使劲揉了揉眼，排除那是海市蜃楼的幻影。可它们确确实实在迈动长腿，金色的身躯，修长的身材，公羊头上的双角、黑黑的环节、优美的弧线……都在说明它们的真实，世界的真实！

是的，肯定是那些可爱的精灵。

“那只小的，看！”

一点儿不错，它落后了，急切地叫了一声。有只母羊跑了回去，用嘴在它头上亲吻了一下，又用舌头舐了舐它的额头，它才欢快地提起小步跑了起来！五六月是普氏原羚的生育期。它来这个世界不久，完全有理由在妈妈跟前撒娇。

一共有七只，它们迅速地进入草地，迫不及待地采食。它们喜爱爽口的沙生植物。我虽然听从了小任的告诫，不敢潜越一步，只在远距离观察，但仍能不时看到它们卷草的舌头，听到咀嚼的声音，如一曲无比美妙的晨曲。

雄羊犄角上那对优美的曲线，是角在向上向后延伸、角尖略扩后又转而向内弯曲流畅地形成的。

那只羔羊，一刻也不安分，时时蹿到这头母羊那头公羊的身边，用湿漉漉的嘴蹭着。

早晨的和平是短暂的，原羚们要抓紧时间进餐。在草原上，它们是弱小的动物，生态的恶化、生存的威胁，使它们只能在清晨由隐藏地到草地猛吃一顿，再迅速撤回沙地隐藏，用保护色与沙地混淆。这顿早餐要维持漫长的一天，直到傍晚时它们才能再到草地上进食。

即使如此，它们也并不完全沉浸在享受中，而是时时抬起头来四处张望。特别是那头公羊，更是挺起两把短剑，威严地扫视着世界……普氏原羚是营群性动物，过去常能见到上百只的群体，但现在多为小群。它们还像候鸟一样喜欢迁徙，每年冬天跑上几百千米到南边过冬。到了春末夏初，又浩浩荡荡地返回北面生儿育女、度夏。藏羚羊也有这样的习性，不过，它们的迁徙很特殊。

“看那边，沙包旁的草丛。”君早说。

我顺着君早的手势看去，心也提了起来——草丛中露出两只黄褐色的耳尖。是只动物潜伏在那里。

高原早晨的地气重。我试了试风向，不好，那家伙隐藏在下风……绝不是原羚，也不是旱獭。在野生动物世界，只有心怀叵测者才这样鬼鬼祟祟。

耳尖消失了，草丛中有了波动，潜行的方向直指普氏原羚。我基本上判别出那家伙是谁了。它们之间还有一段浅草区。

“别轻举妄动！”我告诫君早。

一般说来，狼是营群性的。它的同伙在哪里？

我们只有父子二人，又未带任何武器。君早是第一次到高原，这次和他同行，是因为他的母亲李老师被孙女缠住，家庭会议决定，都说我已 66 岁，只有带着小儿子，才能出行。

君早 30 多岁，又高又胖。我非常担心他能否适应高山反应，幸好这几天还未听到他说头疼之类。

我的视线正在分区搜索狼群中充当包抄或埋伏的同伙，正当我怀疑一个沙堆的后面时，突然看到那家伙走出深草区，弓起身躯，弹开四蹄，箭般向金羊射去。

“狼？”君早惊呼，脸色煞白。

他听的狼外婆的故事，以及关于狼的种种邪恶、狡猾，听得太多了！说来令人难以相信，去年我带他和孙子去动物园时，即使是他这样的大汉，一到狼笼前，他还是不自觉地往我身后一闪，但这偏偏被他儿子看到了，竟然在脸上刮羞。他也只是赧然地笑笑，就是不往前走。

我也曾为他太善良、胆太小忧虑过。虽然他没在野外见过狼，但狼穷凶极恶的作为还是让他在第一时间就做出了这样的反应。

“狼也怕人！”在这时，我已不可能长篇大论做思想工作，只能是鼓励。

公羊尖声惊叫，羊群立即启动。

它们善于奔跑，四条长腿、修长的身材，是生存竞争赋予它们的财富。

我们无心欣赏它们在飞跃时异常优美的身姿，那个追击它们的黄褐色的家伙更加矫健……

我更紧张地注视着狼的左右前后。按它们常用的伎俩，负责包抄的狼应该出现了。可是没有踪影。难道是在前面设伏，等待羊群钻进口袋？

在这场力量和速度的比拼中，它们之间的距离并未骤时缩小。普氏原羚是赛跑中的强手，如果不出意外，这绝对是难得一睹的精彩较量……

“只有在大漠，才能看到在奥运会上也见不到的这种较量。生存竞争的搏斗，最能展现生命的壮美！”

我感到了君早起伏的胸膛传来的急速节律。

我并未放松对包抄或埋伏的狼群的警惕。

可怕的情况出现了。聪明的狼已选准了小羊。

小羊落后了。

它的妈妈扭头回来了……

· 失去了群体优势，孤狼只能艰难地狩猎

我还未来得及做出任何反应，君早已像出膛的炮弹，从地下一跃而起，挥舞着照相机的三角架，声嘶力竭地喊叫："啊！啊！啊！"向狼飞奔过去。

狼打了个愣怔。

我惊奇、愣怔，但只一会儿，顾不得狼群的狡猾，也高呼着纵身跑起。

羊妈妈带着孩子扭头向君早跑来。

瞬息，君早和我与狼直面。

我们没有发现阻击、包抄的狼。

眼看羊妈妈已带着孩子跑到我们身后。

狼放慢了脚步，最后停了下来，血红的怒目圆睁，恶狠狠地盯着君早。

我们之间的距离不过十来米。

君早挥舞着三角架示威！

我们相持了漫长的三四分钟后，狼才异常沮丧地扭转身子，悻悻而去。没有低头呼唤狼群的嗥叫，没有昂首欲出的激愤，它走了三四步，还回头盯了小羊一眼……

羊妈妈和它的孩子没有走，在我们身后七八十米处伫立着。那充满了情感的黑眼睛在人的身上抚摩。

整个羊群都没走。它们在更远的地方注视着它们的姐妹和下一代，注视着君早。

君早优雅地挥挥手："去吧！赶快回家去！"

羊全都叫了一声，声音嘹亮悠长。

羊群慢慢地消失在沙丘中……

君早瘫倒在地，平平地躺着，粗重地喘气。

我想，他再也不会怕狼了。

……

小任听了介绍，他说："你们走运。羊走运。这是只孤狼。它还是畏惧人的，尤其是两个人。

"从保护野生动物来说，也有些忧伤。狼是草原上残暴的杀手，它们敢在光天化日之下围堵羊群，牧民的枪声都无法阻挡饿狼发起攻击。它们营群、讲究群体作战。它们追杀兔子、老弱病残的食草动物，维持了草原的生态平衡。

"现在狼少了，很难见到。近几年由于采取保护措施，青海湖才又出现了狼，但多是孤狼。若是狼群，它才不买你们的账哩！

"说到普氏原羚，数量已不多了，现存只有三四百只，可怕的是这仅有的三四百只，又被分割在几块岛状地区。近几年，牧民们又在牧场圈起围栏，隔绝了普氏原羚的生殖流，还常有被铁丝网挂住死亡的！其实，在甘肃和新疆，也有普氏原羚，但已多年没有见到相关的报道。

"人和野生动物原本就是朋友，都生活在大自然中。人类是靠野生生物世界的精华而成长、发展的，只是人类无情的残杀，才导致了目前的状态。

“至于野生动物在生死关头求助人类，是它们遗留信息的激活？刘老师在野外跑了几十年，这方面的故事肯定比我知道得多……”

是的，皖南有梅花鹿，也有专门以猎茸为生的打鹿队。梅花鹿总是隐藏在人迹罕至的地方。我曾亲眼看到一头母鹿，特意选择居民点的附近作为产房。乡亲们都互相传语，提醒大家不要去打扰，说是梅花鹿借人的灵气，阻挡豺狼虎豹。

在川西考察大熊猫，我也多次听到大熊猫被豹子追急了，会跑到寨子里求助庇护的故事。

2005 年，我读到动物学家葛玉修、游章强先生的一篇美文，文中充满激情地记叙了他们在青海湖考察、研究普氏原羚的 700 个日日夜夜，那份关爱之情尤为感人。这是濒危的普氏原羚的福音。

鹘鹛的绝技

我们离开青海湖盆地，原计划翻过橡皮山口去茶卡盐湖，进入柴达木盆地。

茶卡盐湖在柴达木盆地东缘，东西长约 20 千米，南北宽 10 多千米，在盆地数十个盐湖中是四大盐湖之一。其盐储量虽然高达 4.5 亿吨（也有 6 亿吨之说），但不及察尔汗盐湖的 1%。然而，它开采的历史已有 200 多年。从盐的本意上说，品位高、出产大的晶体盐块如水晶一般。

我们想去看它，主要还是想了解与青海湖只一山之隔的茶卡盐湖为何在几百年前已进入了生命的另一阶段，准确地说是想了解高原湖泊的生命史。但开车的师傅说，那边正在修路，小车底盘低，雨天路更难走。我们只好改从天峻县到海西蒙古族藏族自治州首府德令哈。柴达木在它的辖区内。

雨时紧时疏，布哈河时隐时现，河谷地带绿草丰茂。小灌木、莎草圈起了一个个水沼。红紫的野葱花、蓝莹莹的鸢尾花、金黄的马先蒿，簇拥着一顶顶白色的蒙古包，牧民们骑马赶着羊群。在云雾的飘荡中，天峻县高原草甸多了一层妩媚……

高原草甸原本是高原野生动物的家园。据资料记载，这里曾生活着成群的野牦牛、白唇鹿、黄羊、雉鸡、雪鸡。可车行两个多小时，我们连旱獭都没见到一只，心里真的有些失落！

我们很想停车去布哈河畔走走看看。这是一条充满神秘的河流：它从雪山而来，横贯天峻县，全长 272 千米；不仅养育了著名的别具一格的高原草甸草原，还每年补给青海湖丰沛的淡水。

· 繁荣的马先蒿家族，为草原带来了辉煌

最令人向往的，是每当夏季鳇鱼繁殖季节，成千上万的鱼群游出青海湖，奋力溯水，来到布哈河中产卵。万鱼攒动，竭力跃过急流、险滩，黑压压一片，狭窄处甚至能阻塞河道。那种为了完成生命的责任而一往无前的精神，是多么壮美的生命之歌！眼下还是鳇鱼的产卵期。

师傅说，在这样的雨天，在这样的高原行车，随时随处都可碰到意外，若是抛了锚，夜里冷罪不好熬。如果今天能到达德令哈，那就谢天谢地了。

好像是为了印证师傅的话，一阵疾雨噼里啪啦地击打车窗，浓云黑压压地驰来，陡然如黑夜。师傅急忙打开车灯，降低车速，车内一片寂静……

我们正在跨过青海东部季风区的边缘，向干旱、荒凉的柴达木走去。

在以后跋涉戈壁的日子里，我们是那样怀念这雨、这云！

果然，堵车了。师傅和君早冒雨下车去查看。不一会儿，师傅回来了，一声不吭，索性靠到椅子上闭目养神。我急了，连忙下车。

前面是条十多米宽的小河，汹涌的水流冲破了小坝。一辆满载的长卡车陷在河中。有两辆修路的挖土机在做牵引，卡车司机不断发动；只见飞转的车轮溅起水花，却不前进半步；中间的钢缆绷得吱吱响。挖土机只拖得卡车趔趄几下，又回到原地。如此反复，车越陷越深。另一辆挖土机运来泥沙铺垫也无济于事。

情况愈来愈糟。有几位司机顺河而下勘察。正巧，青藏铁路西宁至格尔木段的线路，就在右侧的二三十米处，有座铁路桥。

一辆卡车离开了被堵车队，从荒原向铁路桥下开去，奋勇冲过小河，到达了对岸。卡车都行动了。

小车司机们受到了鼓舞，也跃跃欲试，却又犹豫——底盘低，怕在河中熄火。

抢救陷在河中卡车的努力还在进行……

我问一位师傅这是什么地方，他在我脸上扫描了几个来回才说：“你是从内地来的？这儿是关角。西王母的诞生地，就在那边山里的洞府中。”

原来这就是青藏线上著名的关角垭口，地图上标有。但我不知它竟是神话中西王母的诞生地。想起孙大圣搅了蟠桃盛会的瑶池，就在昆仑山。青藏高原为什么能成为中国神话故事的故乡呢？它是否从一个层面反映了先民们从这里走向东部，人与自然的关系？抑或是这里有着太多的不为人知的神奇？神话世界冲淡了凄风苦雨中的焦急。

有两部小卧车也冲进河了，我们车的师傅也来到了河边。但随其后的面包车刚冲过河上到岸边，却差点歪倒下去。路太窄了。挖土机来牵引，才将它拽了上来。我们的师傅又回到车里闭目养神。

几个小时过去了，已近下午 6 点，雨仍在下，风也一阵紧似一阵，阴云密布。师傅已开起暖气，我们也取出毛衣加上……

我和君早有一搭没一搭地说着，主题鲜明——动员师傅下决心。大约又过了半个小时，师傅终于发动了车子……

我们也冲过来了，其实，这一段路也在翻修。车一会儿从荒野越过草滩，一会儿行驶在石碴子的便道上。

眼前的景色变了，出现了农田、村落、挺拔的杨树。大约已快到盆地中著名的农业区乌兰县。

天也突然亮堂起来，西天豁开，一脉阳光笼罩了山野，起伏的山峦漫起淡淡的绿茵茵的光彩，朦胧的、清绿的、氤氲的，柔美极了！我们像是在茵茵的绿色中飘浮……

天有情，她以刚气雄伟的青藏高原难得一见的柔美，将无限的温情、平和注入我们的心间，拓展起一片光明，抚慰着在凄风苦雨中的跋涉者……

德令哈也是蒙古语，意为宽广的高原。其实它的海拔只有2000多米，是柴达木的首府。它原来只是一个小镇，现在已是颇具规模的城市。巴音郭勒河从旁流过。中心广场上竖有奇石——“三江源”。奇石有一米多高，三条石痕象征着黄河、长江、澜沧江从高山奔流而下。这也是城市的象征。

我们去看黑颈鹤。黑颈鹤的高贵，不仅在于它跟黑天鹅一样，有着美丽的黑羽，端庄、优雅的身姿，还在于它是唯一生活在高原的鹤类。在我国只有 100 多只，也只能在云贵高原、青藏高原、川西高原湿地屈指可数的地方才有它的踪迹。

也正是生存在高原雪域的峡谷盆地中，它成了我们认识得最晚的鹤。

在瀚海无边的柴达木看黑颈鹤，难以想象。正是这，使我充满了希望。

我在青藏、云贵高原已跋涉数年，可都无缘与它们相会。朋友告诉我，每年都有黑颈鹤来托素湖、可鲁克湖繁殖，现在正是它们哺育幼雏最为温柔的时期。

托素湖和可鲁克湖是姐妹湖，但有着迥异的性格。

我们离开德令哈西行，怀头他拉草原在阳光下绿得耀眼，巴音郭勒河如哈达一般飘逸。

路旁的白刺，顶出无数的红果，鲜艳欲滴。雪白的野菊开得熙熙攘攘，芨芨草、沙蒿、水鸭子菜蓬蓬勃勃。

草原的深处，渐显一条绿带，银光闪亮，那应是可鲁克湖了。

绿带是挺立的芦苇，它足有几十千米长，如一条翡翠项链，圈起一泓蓝色的水晶。这种蓝没有青海湖那般醇厚，但蓝得轻盈而透明。

我们拨开苇丛，蚊子小虫黑压压地飞起，直往脸上扑；锋利的苇叶在手臂、脖子上刮。每迈一步，脚下就吱吱响，水立即浸满了鞋子，冰得全身打激灵。

“别贪便利往水里走，那里可能是沼泽。只能找芦苇密的地方落脚，当心，千万当心！”

高原草甸，尤其是湖边沼泽的“危机四伏”和恐怖，我多少有些知道，若是陷进去，肯定是“灭顶之灾”。君早却是“初生牛犊不怕虎”，一个劲勇往直前，想尽快离开蚊叮虫咬、苇叶划割的境地。朋友兼向导的老杨急得只好大喊大叫。虽然只走了一小段路，我们已狼狈不堪，幸好只是有惊无险。

刚走出芦苇丛带，刚拨开芦苇遮掩的世界，我们立即神迷魂惑，陷入了魔幻之中……

分不清哪是天，哪是水，都是那样蓝，蓝得晶莹，蓝得纯净；分不清是云在天上飘，

· 妩媚多姿的可鲁克湖

还是静静地躺在水中。你也猜不透雪山是矗立的还是倒立的，更不明白自己是站在湖边，还是已融入湖中……

直到小鸟扑翅，弄出一阵哗哗水响，看到它腾空飞翔的身影，我才将魂魄唤回。可是，我们都呆立在湖边，直到脖子、脸上奇痒无比，才赶紧挪步……

恍惚中，我们似是在扑朔迷离的湖中航行。我有过多次这样的经历，多少领悟过李白水中逐月的意境。我沉迷于这亦幻亦真的享受，可又担心……于是，急忙使劲揪耳垂，让自己从美的陶醉中清醒……

是的，我确实是在一只游艇上。我赶紧找君早，还好，他已在船头支摄影的三角架——其实我最担心的是他第一次到高原，会经不住魔幻的诱惑。但我已记不清是怎样穿过苇丛，被领到船上。老杨正困惑地审视着我的脸，我心里顿时明白，肯定是他的帮助。

船在静静地滑行，没有风，没有波浪，湖水盈柔透明；只是那云，那山，那水中的墨绿的草时时变形……

泼剌一声，一条鱼蹿出了水面，白白的肚皮，红鳞，在空中划出一条虹线霞光。

“再来一次，我没拍到。鲤鱼，哥们儿！”君早乐得像个顽童。

“这不算大，去年在湖里捕到好几条十多斤重的！”老杨看到了我的疑问，“可鲁克湖水草丰茂，浮游生物丰富，多年前就从内地引来了鱼苗。喏，还从你们安徽引来了鲫鱼，也放养了螃蟹，中午你们就可品尝到。”

前方四五十米的水面处，突然冒出一只䴙䴘，紧接着又冒出两只小䴙䴘，如两只灰褐色的绒球在水面上漂动。它们以潜水技巧著称。显然，是䴙䴘妈妈在教出世不久的孩子潜水、捕食。

船长明白了我的意思，减速。䴙䴘妈妈陡然展翅起飞，贴着水面，扑打着脚，击起一个个水圈，只四五米又落下。那两个小家伙就呷呷地叫着，沿着水圈圈奋力游去。

眼看就要到达妈妈的身边，可妈妈一低头翘起肥硕的臀部，又潜入水中。小家伙们忙不迭地也潜到水里。水波使那伸直的脖子、甩直的两腿使劲上下摆动的形象，变形得如一幅难得的动漫画。妈妈似是在等待，两只蹼足一动不动。

就在快要会合时，妈妈突然加速，两个小家伙只好再奋力追赶。如此反复数次，小家伙们不干了，钻出了水面。妈妈也在四五米远的地方露出了水面。小家伙们齐声叫着，湖上立即飘荡起令人心动之声。

小家伙们见妈妈只是在前面打着圈圈，叫得更加急切、响亮。妈妈渐渐扩大了游水圈子，两个小家伙瞅准了机会，神速地扑向妈妈……

哈哈，竟然落到了䴙䴘妈妈的背上。妈妈像只船儿，载着孩子，悠悠地游动……

老杨和君早乐得鼓起了掌。我说赶快拍照片。等到君早手忙脚乱地去操作相机时，母子们已游得他的变焦镜头跟不上了。

一道黑影倏然掠过，我刚抬头，一只黑雕已收翅，流星般地射向猎物。我的心悬起。

就在黑鹰伸出尖爪时，水面哗啦一声，激起大大的涟漪……水面上只有散开的一圈一圈水纹，如快速镜头下的水花。

黑雕在升高中，只留给我们一个黑色的背影。它是空中独行的剑客，神勇剽悍，很少失手。

君早和老杨都为䴙䴘一家担心。我却只是注视着附近的水面，并说“故事并未结束”。

两三分钟之后，在20米开外处，悄无声息地突然冒出一只䴙䴘的头。是它，肯定是那位妈妈，那颈子上的红斑如红栗一样。多年探索野生动物世界养成的习惯，使我总是记住对象最显著的特征，否则在稍纵即逝中怎么去辨别？

“小家伙们遭殃了。”君早喃喃地嘀咕。

这是个秘密。

䴙䴘妈妈已转动脖颈，扫视周围；又过了一会儿才将整个上半身露出水面……

哈哈！绝了，从它左右的翅膀中，突然蹿出了两个小家伙，腾地扑到水里……

䴙䴘的这种绝技只有我知道，那是藏在心里充满喜悦的发现。它在危险时，能迅速用翅膀挟着儿女潜入水中！

· 如果没有快乐而鲜活的生命，可鲁克湖还具有魅力吗？

䴙䴘在水鸟中独占一目一科。它不属鸭类，区别在于它的嘴不是扁的，而是尖的。这种黑褐色的小鸟，特别泼实，就像柳树那样分布广阔。无论是天南海北，只要是有水面的地方，就有它们的身影。在我的家乡，只叫它水葫芦，它的身形确如葫芦一般。它小巧灵动，善于潜水。

我叫它变色水葫芦。夏天，它的头和浮在水面的鼻子是黑色、黑褐色，颈子是红栗色。一到冬天，它的颊和喉部就变成了白色，头、颈的羽毛也都改颜成了淡黄色。它很会打扮。

我和它曾有着一段特殊的缘分。在我八九岁时，三姑母下达了一个特殊的指令——为了给大姑母治病，要我去抓一只䴙䴘。大姑母无儿无女，对我特别宠爱。这个使命很庄重。

䴙䴘在水中的本领，使我根本没想去水中抓到它。后来是堂叔给我出了个主意——

抓不到大的抓小的。

我费尽了周折，终于在苇草中找到了它的巢。那是折扭苇叶后造成的，有碗口那样大，里面垫满了羽毛。从看到有几只青色的蛋，直到耐心等到小鸟出壳，我是多么兴奋……最终，我并未能完成这个庄严的使命。那是另一个故事，但因为有了这段故事，我对它也就有了另一种情感。

可鲁克也是蒙古语，意为“多芨芨草的草滩”，面积有50多平方千米。那天余下的时光，我们都在苇荡中寻找着鸊鷉的身影，观赏它们每个家庭的生活。我绝没有想到在瀚海戈壁的湖中，竟然会再现几十年前的童年花絮，就像回到了梦牵魂绕的故乡，重温那美好的时光。

巴音郭勒河流入可鲁克湖之后，流连一圈后又去漫游，再汪洋成托素湖。船长说，他的游艇无法航行到那里。

老杨说，夏季水漫滩了，你想看天外来客——那块大陨石？车子根本进不去。可我再坚持，走到哪里算哪里吧！那块静卧在戈壁中的大陨石当然具有诱惑力，但我更想去看黑颈鹤！

大漠寻鹤

一望无际的戈壁。

老杨说得对，没走多远，路就被水漫去。好在戈壁滩到处都是路，就看司机的本领了。

吉普车蹦蹦跳跳，君早忍受不了它如此表达兴奋，大叫脖子疼。

托素湖蒙古语为“酥油湖”，是湖水色彩的形象。若按面积算，相对巴音郭勒河而言，可鲁克湖是姐姐；而托素湖则是它们的兄长。托素湖有 180 多平方千米，简直是无边无际，比妩媚多姿的可鲁克湖多了一层壮阔，多了一分豪情，尤其是多了原生态的苍茫。

车行 20 多千米，我们没有见到一个人影，只有苍莽的群山，漫坡的石砾。远处才是湖滩草地，才是汪洋的大湖。

说它们性格迥异，还在于可鲁克湖是淡水湖，水生植物茂盛，浮游生物丰富，有大量的鱼产，甚至可以养淡水毛蟹；而托素湖被戈壁环绕，走不出盆地，蒸发量和补给量的巨大差别，致使托素湖日渐成了咸水湖。

在蒙古族同胞弹着马头琴的说唱故事中，可鲁克湖和托素湖是一对热恋的情人。可鲁克是位美丽善良的姑娘，托素是位坚强勇敢的牧民。由于头人的阴险，他们在追求爱情的道路上，不幸倒下。故事曲折动人，爱情回肠荡气。

君早很兴奋，在危险的路段需要下车时，他总是第一个跳下，最后一个上车。那副盯着灰褐色的寸草不生的嶙峋山峦的神态，似是发现了最珍贵的宝藏。他不时捡起一块砾石，反复审视，感慨万千：

“这才是原生态！工业化已经使一切都变了样，变了味，远离了真实。要看地球的

· 蒙古族兄弟热情好客，那洁白的哈达，一首又一首的敬酒歌，让你不由得热情奔放，开怀畅饮

童年，只有到这里来！”

我和老杨、司机只顾寻找路径。最后，我们决定弃车步行。

既然托素湖也有鸟岛，既然要看黑颈鹤只能循着鸟岛寻踪，既然无船无桥，何不登高望远！

我们正在爬山之际，一串马蹄敲打砾石的声音响起。

一位蒙古汉子正向我们奔来，那马如一团火球。

这是位真正意义上的人高马大的青年，红扑扑的脸膛上冒着热汗。在 20 多步开外他已勒紧了缰绳，喊了一声蒙古语。老杨也回了一句。他立即翻身下马。

君早迫不及待地跟前跟后看马，掏出饼干塞到马嘴里。

老杨说，他问我们要不要帮助，是不是迷路了。他是去镇子上买东西回牧场的。

蒙古族兄弟非常热情。听说我们要看湖中的小岛，他说可领我们去一近处，能较清楚地看到岛。

他叫巴图，君早却叫他巴顿。

我想起那年在巴音布鲁克草原观察天鹅，也是一位蒙古族青年飞驰而来，还牵了两匹马给我们骑。临别时，我问向导小马应付多少钱，小马说，商业化还未污染到这里。

我问牧场在哪里，他说在深山。难怪一路没有看到羊群。牧民们在夏季，总是将畜群赶到深山；深秋或初冬，才转场到冬窝子。

我们的谈话，只有靠老杨翻译，可老杨时时急得抓耳挠腮。他也懂不了多少蒙古语。

看着君早的猴急样，巴图做了个让他骑上马的手势。还未等我表态，君早已用脚钩住了马镫，可努力了几次，他那肥胖的身躯就是不听话。巴图乐得像个孩子似的，伸手托住了君早的左脚，一使劲，才让他上了马。

你看他那得意的神色，简直像是位将军，昂首挺胸，扫视山野。那马立即昂头扬鬃，意欲纵行。巴图慌得赶紧勒住缰绳，那红马立即举蹄前蹿，惊心动魄地嘶鸣一声。君早还算机警，紧紧地抓住了马鞍上的环扣。

巴图将缰绳稍松，吆喝了一声，马就迈着慢步走了起来。我们这才松了一口气。

君早在马上一刻也不闲着，为它挠痒，摩挲脖子，还和它说话。没一会儿，他就将缰绳扯到了手中……

在一高坡上，我们眺望着湖中小岛。距离太远，我们在望远镜中也只能看到一些模模糊糊的水鸟的身影，只能凭着经验估摸着有灰雁、斑头雁、鱼鸥、野鸭之类。

没有鹤类美丽的身影。

巴图说，季节不对，早来一两个月，可看到成千上万的鸟在那里筑巢，生儿育女。水鸟起阵时，如一片彩云。现在已是 8 月，它们都分散到湖湾和河流中带娃儿了……

太阳已过中天，老杨说还是先填饱肚子再说。司机师傅从车上提了一袋子鱼，说是昨天在可鲁克湖时朋友送的。老杨和巴图忙着张罗篝火，又去寻找了一把野草放到鱼上。不一会儿，戈壁滩上就弥漫起烤鱼的香味，带有一种艾草的特殊气息。这真是别有风味的野餐！

巴图大约是看出我有些失落，于是问老杨原因。

老杨说我没看到黑颈鹤。

巴图立即满脸闪光，快速地说了一串蒙古语。老杨翻译："是不是那种头顶红丹，长腿，长颈子，高高的，颈子上部大半节黑、下部小半节白，嘴是黄的，肚子是白的仙鸟？”

我说：“是的！”

“它们是不是会唱歌，和我们蒙古族人亮开嗓子一样高亢、嘹亮；舞也跳得和蒙古族人一样热情、奔放，围着姑娘旋转？”

我说：“对，对，对极了！”

他笑了，非常得意。

他说：“这季节在托素湖看不到，应该到可鲁克湖的苇荡中去找！它们藏在那里带孩子。”

真是峰回路转，柳暗花明。从巴图对黑颈鹤的描绘，对它生态的了解，他确是见过黑颈鹤。

“你见过？”

“当然！在可鲁克湖、托素湖，你再也找不到知道仙鹤的人了！”

为了证明，他自豪地说了一个动人的故事——

你知道它们为什么最喜爱这块土地吗？因为可鲁克和托素是充满爱情的地方，还因为这里的雪山上有种宝石。

每当春天来到草原，它们就从南方来到这里跳舞唱歌，寻找爱情；找到了心上人，就叼来芦苇、莎草，构筑爱巢。

等到巢筑好了，一对情人就飞到雪山上去寻找一种宝石。宝石山上有只老秃鹫看守。仙鹤总是在天刚要亮、秃鹫似醒非醒时赶到那里。它们用高亢嘹亮的歌声，飞跃腾挪的舞步将秃鹫迷倒，再趁机衔取一块宝石……等到老秃鹫清醒了，仙鹤已飞远了。

直到有了这块宝石在巢，它们才生儿育女……你们知道，这是一块什么宝石吗？它们为什么要寻找这块宝石吗？

不知道？当然不知道！你们怎么可能知道呢？

那还是在遥远、遥远的时候，仙鹤们初来草原，和牧民们成了好朋友。

有一年，有只母鹤正在孵蛋，突然蹿来了一只狼。附近的雄鹤立即升空，呷呷叫起，向狼展开了攻击。

恶狼毫不理会，只是向巢区奔去。

正在这时，牧民桑拉听到了，和恶狼展开了搏斗。

狼被赶走了，桑拉也从山上摔下，跌折了腿。

第二天，仙鹤衔来了一块宝石送给桑拉，要桑拉每天用宝石在伤腿上摩擦。

奇迹出现了，两天之后，桑拉跌折的腿骨长好了！以后，凡是人、牛、羊，只要是在山上跌折了骨头，只要用这块宝石一摩擦，那骨头就接上了，长好了。

牧民们叫它接骨石！

自此，仙鹤们来这里，都要衔来一块接骨石镇巢，也是留给牧民的礼物，感谢牧民们的保护……

戈壁上蹿出一柱旋风，黄乎乎的。两只雄鹰在蓝天中以飞行的姿势在传递着信息。巴图的目光追随着一只侧飞转环的鹰，只有微风轻轻拂面……

“真有接骨石？”君早耐不住巴图的沉默。

谁知这消息被贪心的头人知道了，他每年都在仙鹤们孵蛋时毁坏窝巢，抢去接骨石。

仙鹤们不再衔来接骨石了，也躲开了贪心的人，藏到更神秘的可鲁克女神的怀抱中了。

我们都沉浸在各自的思索中。黑颈鹤和人类原本都是大自然中的居民。人的贪婪、背叛，铸成了种种的恶果……

“这个故事是我爷爷的爷爷告诉我爷爷的。还是我五岁时，跟爷爷去放羊，在可鲁克湖，看到了仙鹤的窝，羽毛盖着几只蛋。正在我去掏蛋时，爷爷一把拎起我，甩到马背上。我哭得山摇地动，爷爷才给我讲了仙鹤的故事。我们蒙古人，从来不打大雁，不打天鹅，不打仙鹤。”

我想起在巴音布鲁克天鹅湖畔，有座蒙古包和一家天鹅相邻的场景。李老师拍了好几张他们融洽相处的照片。天鹅带着孩子，就在蒙古包外三四米的水沼中觅食。我想起那位蒙古族大嫂说的，每年都盼着这家邻居的到来，它们总是把春天、把鲜花带到草原上……

“还能找到接骨石？”我问。

“仙鹤是善良的，它告诉牧民，当需要接骨石时，只要告诉一声，它们还会从山上衔来接骨石。”

“怎么告诉它们呢？”

“爷爷告诫我不要见人便说。我看你们赶了那么远的路来看仙鹤，心地一定善良，是仙鹤的朋友，我就告诉你们吧。办法很简单，静静地等，等到孵蛋的仙鹤出去找食，悄悄地走到它的巢边，用笔在蛋上画上一条线，它们就知道了……”

巴图说，去可鲁克湖的人太多了，所以我们没能看到黑颈鹤，但他知道哪里有。他一定要领我们去，因为路很难走，可能水已漫上来了，可以就近借几匹马让我们骑上。

我看天色已经不早，他还要赶路，执意不再麻烦他。

巴图详尽地指示了路径，直到师傅听明白；又一再交代，那是个由芦苇、菖蒲围隔的水泊，有东一个西一个的小土墩子。仙鹤喜爱在土墩子上做窝。四面临水，安全得很。要注意，可鲁克有麝鼠，这些坏家伙会衔土垒巢，很像土墩子，它就住在里面，专做小偷，只是它的“城堡”上不长草……

按照巴图的指示，我们在傍晚时找到了那个地方。水确实已漫上来了，可我们管不了那么多，在浅水区小心翼翼地边走边搜索。

这片景观，确如巴图所描绘的，很复杂，半个多小时过去了，我们只看到了几只野鸭。

正在我们彷徨四顾时，一连串的水声急起，“嘎咯啦”“嘎咯啦”声不断。这是鹤的惊叫，只不过充满了奶气。

苇丛缝中，有三四只长腿慌急忙乱地错动着，红色的腿杆像是木偶的细腿，溅起无数的水花……羽色棕黄，长颈秀美，头顶露出一块土红印顶，显然是两只幼鸟。是什么使它们如此惊慌？

有个隐在水中的家伙，正无声无息地追来，只露出贼溜溜的两只小眼。它的优势很明显，速度快，灵巧地闪开苇秆、水草的阻挡。我猜想，那个偷贼不是水獭就是麝鼠！但仅从露出水面的部分，很难判断。在水中，水獭比麝鼠更加灵活。但麝鼠比它狡猾，善于挖地道，从水底直达猎物栖息处，极隐蔽地从地下展开偷袭，常常得手。从露出水面的头型看，是麝鼠的可能性大，可今天它是潜水“作业”，不知哪个环节出了疏漏，竟然被幼鸟发现了。

两只惊慌失措、焦急呼喊的幼鸟时时跃起身子，扇动翅膀，使逃窜显得更加困难……

眼看幼鸟就要遭殃了。我使劲拽住了意欲冲出去的君早，因为我听到（真切地说是感觉到了）芦苇中有了响动……

没错，一声嘹亮、高亢、穿透力很强的鹤鸣冲天，惊雷般震荡。苇荡中响起了涉禽急速奔跑的唰唰声。苇丛急剧地晃动。两只大鹤在十米开外扑腾着翅膀，劈开苇秆、苇叶的阻挡，火急奔来，被挂扯下的羽毛像芦花一般飘舞。

它们极其准确地冲到潜藏在水中的那个家伙的左右，闪电般地用长喙展开了攻击，偷贼左躲右闪，才两三个回合，水面上就只留下了一个水圈。它卑劣地逃去了……

鹤的喙很长，尖端锐利，原以为其主要是用来在浅水区觅食，目睹刚才一幕，嘿，还是武器呢！两只大鹤运用“短剑”所展开的流星般的刺杀，简直令人眼花缭乱！

· 黑颈鹤典雅的美丽，就是一首诗

真是大开眼界！

最温柔的动物，也有捍卫生存的武器。

“该不是丹顶鹤吧？”君早兴奋得腔调都变了。

“是黑颈鹤。它们虽然都有丹顶，但最大的区别是长颈上的羽色。丹顶鹤颈羽纯白，黑颈鹤的颈羽却是黑白相间，黑羽油光闪亮，自上而下占据了三分之二，余下的三分之一才是洁白如雪。”

“太美了！难怪你要费尽周折找它。”

野生动物的美，只有在野外才能看到。

我用力按住他的肩，努努嘴，示意静静地欣赏，不让他再往前靠近。

那头顶的丹赤，像一轮红艳的太阳，映得苇荡一片辉煌；那长颈上的黑白相映的羽色，自有一种美韵，似是太极般庄重、神秘！

虽有苇秆、潜水植物的遮挡，我们还是看清了两只幼鹤迈开长腿急匆匆地走到父母的身边。有只大黑颈鹤的翅缘在渗血——那是苇丛造成的伤口，可它根本没有顾及，只是急忙展开双翼，将两个孩子拢到怀中，用翅轻轻地拍打着，又用长喙梳理着它们凌乱的羽毛。我相信那就是它们的妈妈。不一会儿，它们的爸爸也参加到为它们梳理羽毛的活动中。两个小家伙不时从喉中发出咕咕声，还用长嘴在父母的长嘴上摩挲着。在父母的安抚下，两个小家伙渐渐安静下来，终于走出母亲的翼护，矜持地迈开长腿，伸出长喙，在水中觅食……

我们贪婪地欣赏着黑颈鹤的高贵、美丽，赞美着这一家四口其乐融融的幸福生活，生怕漏掉一个细节。沉浸在这祥和、宁静的世界，我们几乎忘了刚才惊险的一幕，反而有点感谢那个猎手为我们创造了发现的机缘……

只要有耐心，只要有信念，大自然总是无限慷慨的。只是蚊虫太多，叮得人防不胜防；水的冰寒，直往浸在水中的腿脚里蹿，往每个毛孔里渗；再加上外面的老杨不断发来询问的信号，我示意君早撤出，但他就是赖着不走，直到鹤影就要完全隐没在苇丛中。我拽着他往外撤，示意手脚要轻捷，不要再打扰它们。

君早只好恋恋不舍、一步三回头地跟在我后面。还未走出五六步，是的，只有五六步，突然，苇丛中又传来了幼鹤的叫声、水的泼剌声，我们立即转身……

难道是那个偷贼重整旗鼓又来了？幼鹤的叫声有些异样。

更加尖厉、激烈的幼鹤叫声，混杂着响成一片的水的泼剌声，在宁静的苇荡中像雷鸣电闪……

“怎么？是同胞俩打起来了？”君早大为惊诧。

两只棕色的幼鹤频频腾跳，左挪右闪，用又长又尖又硬如剑的长喙相互攻击，直打得羽毛翻飞。

难怪幼鹤的叫声不是惊慌，而是另一种情绪。

怪事！怪得出奇！一般说来，鸟类相搏，要么是为了争抢食物，要么是捍卫领地，再就是争偶或保护巢区。这里食物丰富，犯不着为此激烈地争抢。再者，它们是幼鹤，离性成熟还早着呢！难道它们也和公鸡一样好斗？不，黑颈鹤性格温和，遇到斑头雁、赤麻鸭、天鹅时，总是将高昂的头颅低下，谦逊地打招呼。只是在护巢、护雏时，才勇猛异常地挺出长喙连连冲刺！是两个小家伙在玩耍，练习剑术？不像！它们出手狠辣，“长剑”的目标不是对方的头颅，就是胸膛，都是要害之处；还常跳起，用有力的腿脚攻击对方，就像跆拳道的高手。

涉禽主要在浅水区觅食，它们的两只长腿粗壮有力。你看，左边那只已被蹬倒在水里！

“它们的爸妈呢？”君早问。

两只亲鹤就在旁边，被我认为是母性十足、温柔无比的妈妈，竟然无事人一般，不时地在水中叼一口，津津有味地进食。那只雄鹤——它们的爸爸，也正单立着一只腿，歪着脖子将长喙伸进翅窝搅动着，像是在悠闲地挠痒痒，只是不时向这边瞟上一眼……

奇怪极了！我在野外考察多年，还从来未见到过这种景象！我心里的疑团翻滚，像堕入虎跳峡的汹涌急流……

其实，君早绝对看到了它们父母的作为，刚才是诘问，是对看到两个孩子打架却漠然视之的父母的责骂！是愤怒！

这场同胞之间的相残已近尾声，刚才被踢倒在水中的那只已是脚步踉跄。它的同胞却并未罢兵，而是挺着利剑，将对手再次击倒，凶狠地连连刺杀。

它终于再也没有站起，水面一片殷红……

胜利者得意扬扬地注视着漂浮在血泊中的同胞，是审视还是判断？

判断结束了，它这才迈着英雄凯旋般的步伐，走向它的爸妈。

爸妈领着它走了，连回头看一眼孩子的尸体都没有……

我们都呆立在水中。

也记不清过了多长时间，我的意识开始清醒。我拉了拉君早：“走吧！”

他仍在恍惚中，直到走了四五步，才喃喃作语：“怎么会是这样呢？哪能有这样的父母……它们刚才还是那么义无反顾、英勇地救护孩子，一转眼却又……”

谁知道呢？谁能说得清动物行为的神秘？

“皇帝杀儿子，皇子杀皇帝，皇子杀皇子，那是为了争夺皇位或保住皇位，残酷、血腥，倒还能理解。黑颈鹤也有皇位？”君早继续嘀咕。

我无法回答，只是想起了记忆中的一些片断——

大约是20世纪70年代中期，我还在一家文学刊物当编辑时，收到过我曾经的学生写的一篇稿子，记叙了他家屋梁上家燕窝里发生的奇事。

有一天，一只羽毛未丰的乳燕掉到了地上，幸而未死，他架起梯子将它送回窝里。

可隔一天，它又掉到了地下。他埋怨小家伙太粗心，太顽皮，又将它送到窝里，且多了个心眼儿，时时注意着那窝燕。

终于，他看到了母燕哺完食刚飞走，窝里一阵骚动，那只燕子又掉下来了。不是粗心，也不是顽皮，他看得清清楚楚，确确实实是它的同胞将它蹬出来的——为了争夺父母辛劳捕来的食物……这篇作品震惊了很多读者。

大熊猫是极其温顺的动物，它所展示的那种憨拙美特别能拨动人们的心弦，它的母性更是感天动地。

别看大熊猫肥胖敦实，但新生儿只有八九十克重，铅笔那样长短，全身肉红色，特别娇气，又哭又喊（每小时竟能达 120 多声），向母亲要奶，要抚爱。熊猫妈妈总是把它抱在怀里，行走时含在嘴里。

研究大熊猫的专家告诉我，大熊猫一般一胎只产一崽，偶有一胎两崽的，熊猫妈妈常常只是将一个抱在怀里，而弃另一个于不顾。专家们说，从种群利益考虑，与其两个都养不好，不如只选择一个……

可黑颈鹤是早成鸟，一般每窝只产两卵。在经过 30 天的孵化期出壳后，胎毛一干，它们即能随着母亲行走、下水；头三天不吃不喝，依靠腹脐内储存的卵黄供给营养，之后就自行觅食，根本不需要父母的哺育。以我所了解的它们在我国的主要栖息地，如若尔盖、草海、纳帕海等食物是丰富的，完全可以排除是为争夺更多的哺食或食源而发生你死我活的争斗。

难道是为了保持种群的强大，在幼鸟时就展开选优汰劣，和争偶属同一道理？

鸟类世界在繁殖期间的争偶行为虽然不像其他动物那样残酷、激烈，血肉横飞，而是以另一种形式进行，且并不罕见，像白冠长尾雉、画眉等等；然而，确实未见过黑颈鹤在繁殖期间，雄鹤之间有激烈的争偶事件的报道。实际上，黑颈鹤的爱情生活充满了浪漫，充满了柔情……

每年3月，候鸟们新的生物年开始了，黑颈鹤从南方的越冬地纷纷向繁殖地迁徙。大约是在充满危险与艰难的长途跋涉中，雄鹤和雌鹤已对上眼了，到了繁殖区（如可鲁克湖），它们首先是选择巢区。激情燃烧着的雄鹤、雌鹤昂首高歌，一会儿抵头相互倾诉，一会儿低首引颈，迅速跑动、画圈，宣告巢区的确立——像是订婚礼，继而，情侣们沉浸在爱河中，歌舞升平。

鹤的恋爱歌舞，在不同的时间，风格迥异。

在清晨和傍晚，当朝霞和落日的晖晕弥漫在沼泽地时，它们相向低首吟唱，长喙相触，或为对方梳理羽毛，或是亮开华丽的婚羽，抖动翅膀漫步起舞，柔情似水……

除去这两个时间段，它们一改平时的端庄、贤淑，雄鹤围着雌鹤风驰电掣地旋转、鸣唱、舞蹈；鹤的婚舞狂热、奔放，动作优美极了，尽情地倾泻出它们对生活的热爱、对生命的礼赞！就连激情澎湃的南美桑巴舞也无法望其项背。

我们在苇荡中深一脚浅一脚地走着，君早驱赶蚊虫叮咬的巴掌声时起时落，响亮而又丁脆！他发泄着心中的郁闷，还不时发出问题，可是我无法回答黑颈鹤的“鹤格”、道德的巨大反差。

我倒是说了30多年前，我在黄山考察短尾猴的琐事。揭开野人之谜——原来是生活在丛林中体格健壮的短尾猴——之后，我把目光转向了热带雨林和大熊猫。

后来，听说考察组有很多新鲜的收获，其中之一是发现了猴群有杀婴行为。据说，杀婴行为是猴群为了控制种群数量增长的“计划生育”。我在亲耳听到这种解释后，曾怀疑这种解释太“与时俱进”了。后来，考察组在贵州、广西考察黑叶猴和白头叶猴时，也发现了猴群中有杀婴行为，而且被动物学家实际观察到了。

动物学家说，杀婴行为只发生在特殊的时间：即在猴群发生“政变”时——新的强壮雄性猴打败了猴王，取而代之成为新猴王时，它要将猴群内正在乳食的仔猴赶尽杀绝，很似人类古代战争中占领者要屠城一般！

其实，不仅是灵长类动物有异常残暴的杀婴行为，营群性的动物狮群也有杀婴行为，也是在新狮王即位时，将狮群中正在乳食的幼崽处死。

美国一位动物学家在非洲观察到了这一血腥的事实。他的解释是：动物的本能是复制自己的DNA，杀死幼婴是为了让母狮尽快发情，为新的狮王生儿育女。

有的动物学家接受了这一观点，解释了白头叶猴、黑叶猴的杀婴行为。其杀婴行为的背后究竟隐藏着什么秘密，还有待于更加深入的研究。

“黑颈鹤是同胞相残，当爹当娘的居然眼睁睁地看着子女们相互残杀！”

对于君早的义愤填膺，我仍然无法说出什么。

大自然有大自然的“人格”，有自己的法规，所有的生物都有着自己的道德标准。正是在这种悲壮而残酷的生存竞争中，焕发出了生命的灿烂，生命的壮美！

但大自然的道德标准、法则千奇百怪，是我们视角中的盲区，或者说是我们的立足点在误区中，因而视角、思维方式等等只不过是“人”的，而不是动物的，更不是大自然的！但是它又映照着同属于动物的人类。未知的事物总是充满了神秘，正是这种神秘诱惑了科学家们投身于动物行为学的研究，最少已有两位动物行为学家获得了诺贝尔奖。

我们终于走出了芦苇、杂草丛生的沼泽。老杨和司机师傅在迎接我们，灿烂的阳光在迎接我们，大漠宽广无边的胸怀在抚慰我们……

我曾向鸟类学家叙述了这件事，他听后，长时间沉默无语。

两年后的9月中旬，我在若尔盖、红原的高原沼泽草地，最少观察到了黑颈鹤的三个家庭。全都是三口之家——一对父母带着一个孩子。惊奇之余是沉思：难道这种高贵而美丽的鸟，同胞相残是保护种群强大的法则？抑或是对高原苦寒生存环境的选择？或是苦寒高原的环境对它们的选择？

冥冥之中，大自然竟以这样的方式，来提示它的玄机？

五彩戈壁

由德令哈西行到格尔木有两条路。我们舍弃了青藏公路线，方向基本上与青藏铁路线一致。

出了怀头他拉草原，景色陡然大变：草稀了，石头多了，绿色少了，灰褐色笼罩着荒野。天显得更蓝，云显得更白。

山峦突起，没有一棵草，只有灰头土脑嶙峋的岩石，流石滩、砾石……虽然各具形象，都有个性，却个个沧桑，像参禅悟道的哲人，只是默默地沉思。

阵阵热风扑面，我感到身体正在被蒸发。路也突然钻进了山沟，在两边大山的挤压下，人会无端地感到憋屈。

路旁突然蹿来一只精瘦的狗样的动物，追着我们的车狂奔。它黄土土的，只是臀部一块黑斑，在上下跳跃。我们猜测着那是什么野兽。它大约是孤独难耐，误将汽车作为比赛或交往的朋友；否则，在这荒漠中，哪里会有如此的兴致？

只一小会儿，它的劣势就显出了。师傅将车速减了下来。它又鼓足劲头，奋力来追。师傅再加速——他也想为单调的行程制造一点乐趣。

一声长长的啸声传来，它放慢了脚步，回头。是狗。我们这才发现，在灰褐色的山上，在灰褐色的岩石中，有着羊的雪白的身影。牧民正在召唤那狗。

羊群的出现，表明了在这看似沉寂的戈壁深山中，应该还有着另一样的绿色世界。

在瀚海中长途跋涉，好的心情如甘泉。真的，远方蓝天下有一片银光闪亮，是云？

不，是雪。

尽管它只是山顶上的一小片，却是生命的光辉！车厢里荡起了欢声笑语。

· 生活在帕米尔高原的盘羊们，宣扬着生命的壮丽

· 石头上的歌——顽强的生命，抗拒着极端干旱、
恶劣的气候，在石头上绽放着夺目的光彩

师傅说，那是祁连山的雪。

大自然总是将一切做了巧妙的安排，山下也闪起了银光。一圈的银白，围住了一汪清亮亮的水，绿草又在银白的圈外镶起。

柴达木盆地中的“盆地”——小柴旦湖光芒四射地躺在前方。凭着经验，我断定那银白的是盐的晶体。

它是盐湖。

君早想停车拍照片。师傅说，等会儿有更好的角度。真的，又有一大湖正在前方招手——大柴旦湖。

地图上标的是小柴达木湖和大柴达木湖，难道柴旦与柴达木同义？司机无法回答君早的问题。

还未进入大柴旦，绿树——高高的杨树已如旗帜。戈壁中突然出现了绿洲，喜悦像清泉涌上我的心头。我们行走在杨树的绿荫里，身心都舒坦极了！

突然传来几声鸟鸣，如天外飘来的仙乐，我们个个都驻足倾听。

工委的老韩正等着我们，他是老杨的朋友。

大柴旦原是几户人家的居民点，是古丝绸之路茶马古道上的一个驿站。20 世纪 50 年代，勘察队员们来了，石油大军来了，带来了探索者的欢声笑语，带来了生命的歌唱。现在，已是海西州所辖的大柴旦工委（县制单位）所在地，柴达木盆地核心区的著名重镇，汇聚着南来北往、东奔西走的建设者们。

青翠的杨树林带为主街区，两旁商店林立。

老韩盛情邀请我们去温泉洗刷风尘。

出了大柴旦不远，车向右拐，进入戈壁滩。前面是山，山顶戴着雪盔，常年的车轮碾压出一条路径。老韩说山里有煤矿，果然有运煤车从山谷中摇摇晃晃地出来。

说起柴达木的煤，在地质学家的眼里，那是具有特殊意义的。当年的勘察队员，正是因为发现了煤层，从它带来的地层深处的远古信息，才坚定了寻找石油的决心。果然，大油田被发现了。

开始爬山了。满坡的巨石油黑闪亮，大者如崖，小者如斗，多数是如打谷场上的石磙。灰褐色的山体，衬托出它们的傲然卓立。

仔细审视，在杂乱无章中其实有序，特别是在一条似是干沟的山谷中，无论从哪边看，都似有着规律。难道是古冰川下滑，消失后留下的砾石？

石隙中，盛开着金黄的、血紫的野花，很像是一位雕塑家的杰作，展示出一种震撼心灵，却又难以言说的壮美。是远古的呼唤，还是生命的协奏？

车在艰难地爬坡，大声喘息。

突然一条山泉从乱石中奔来，大家连忙下车，掬水洗脸。君早干脆趴下，将头埋入水中，大叫："头发都滋滋响！真热！"

阳光并不烈，但灼人，高山紫外线强烈，空气燥热。如果有仪器，一定能看到人体内水分蒸发出的水雾。

温泉在山沟中。山沟到了这里刚好形成几个相距不远的水塘。说是水塘，也只不过四五平方米大小。上方百米处有一简易小屋，可是谁都未去。几个人忙乱了一阵，各自寻找了位置，脱了衣服，满怀豪情地跳进温泉，沐起天然浴。

在云南腾冲，在昌都的髫螺山中，在西藏的澜沧江边的曲孜卡，我都踊跃参加温泉的天然浴。

好像是 1987 年，我和研究大熊猫的专家胡锦矗在考察途中到达昌都。髫螺山的温泉在山中腰，妙在旁边有一冷泉。各有石塘，更有双泉汇聚的。石塘都只有三四平方米大，清爽极了。我们泡着温泉，等到大汗淋漓，又突然跳入冷泉石塘；渴了就喝温泉水。那时我们都已是不惑之年，但仍如孩子一般戏水，至今还历历在目。

因为水浅，且知道强烈紫外线的厉害，我只是脱了鞋袜，卷起裤脚，坐在泉边，并一再告诫君早要趴在水里，尽量不要把肌肤暴露在阳光下。

我最喜在山野洗温泉，看着泉水从地层深处涌出，感受着地球母亲的温暖，倾听她的潺潺细语、呼吸。久之，忘乎所以……

雪山方向隐约传来响声，是雪崩？未见腾起弥漫的雪雾，但有股强烈的窜山风刮来。

朋友说，这季节是雪崩的频发期。

不用我劝说，全都上来穿衣。

我发现右腿小腿肚肤色很红，摸起来发烫，肯定是刚才忘乎所以中的疏忽，这才想起青藏高原上有臭氧层的黑洞，紫外线可以毫无遮拦地灼伤生物。直到半年多之后，这块红的肤色才消失。可见控制二氧化碳的排放量，保护臭氧层的重要性。

柴达木盆地硼矿的蕴藏量位居全国第一，矿在大柴旦湖中。

硼酸厂也就建在湖边。刚进厂房，一股浓烈的刺鼻味扑面而来。这个厂不算大，但主人说硼酸的产量在全国排行榜上。

硼是盐湖的产物，大柴旦湖的硼蕴藏量特别大。

我们原以为要下井。谁知说是采矿，只是挖掘机在湖中挖掘，翻斗车将满载的硼砂堆到湖边——也就是硼酸厂的备料场。硼砂一堆堆，如沙丘，泛出灰绿的光辉。

厂长说，硼砂每吨价值三四百元，制成硼酸后，已超值十倍。

出了大柴旦，路折向南。不多远，在右前方山下，几座沙丘立在湖边。我们很惊讶，附近并没有沙漠，它们从哪里来，又怎样越过湖面？

雪山、盐湖、芦苇、草地、沙丘织成了一幅奇特的景观。

正在争论中，师傅语出惊人：“这里遍地都有沙。沙是什么？是碎石头。柴达木是高寒干旱地区，昼夜温差大。冬天冻，夏天晒，风吹雨淋，石头裂了、碎了。你们看，哪座山下不是堆满了碎石？这叫流石滩。又没有树呀草呀的遮盖，小风都能吹起。”

柴达木的大风是出了名的，每年有八个月的大风期。别以为台风、飓风只在大海大洋形成，瀚海也有 8 级以上的大风。

气象部门说过，在柴达木盆地每年 8 级以上的大风，少者二三十天，多者七八十天。

· 大柴旦湖中蕴藏着丰富的硼矿，开采它只需用挖土机从湖中挖取

· 谁说戈壁只有无边的灰黄？它的色彩深沉、厚重

还出现过每秒 40 米的狂风。根据气象部门的标准，8 级台风的风速是每秒 17.2—20.7 米。12 级以上的台风，称之为飓风。13 级台风的风速是每秒 30—41.4 米。风速每秒 40 米的还不是飓风？可见瀚海也有飓风！

吐鲁番盆地也是大风盛行之处，常有行人遇难。遇难者被大风卷倒在戈壁滩上如球般翻滚，竟体无完肤。

大风将飞沙走石吹过柴旦湖，那真是小菜一碟！碰到前面的山，落下了，日积月累还不成了沙山？

关键是保护植物！最好是少放点羊，多留点草。

我想起曾看过一份资料，记载了 1943 年 5 月席卷美国三分之二国土的“黑风暴”，在三天中，竟然刮走了 3 亿多吨的土。有科学家在分析夏威夷群岛的一个小岛沙粒时，发现它竟是由距离 9000 多千米的中国刮去的。

盆地的地理环境特殊，气候当然也就异常。

风力是可再生、清洁的资源。吐鲁番盆地已建起了示范性的风力发电场。

对于柴达木风的神奇威力，我们将在南八仙和一里坪的雅丹地貌群中，获得更深刻的认识。

过了两山之间的峡口，左边湖水粼粼，芦苇青葱。又是一湖？原来是小柴旦湖伸到了这边。

奇怪，它怎么不是盐的湖岸？在山上看到时，它银亮耀目的湖岸边，最少有几米长的结晶盐湖滩！是因为这边不断有淡水补给？我们找来找去也没有找到小河。地图上倒确有一条小河从这边流入湖中，或许是被苇草掩蔽了吧！

造物者大约厌倦了黄褐色的色调和寂寞，突然拿起彩笔纵情挥洒，于是左前方有了大块的斑斓色彩。山不算太高，相对高差不过三四百米。灰绿、赭红、绀紫，一片片，一块块，大山就像是斑驳陆离的巨石垒砌，透迄到无际，简直是一件浩荡的艺术品。

我想起一位从事地质工作的朋友说的，西部山色的奇谲，往往是丰富蕴藏的表征。

我思忖，这是不是就是著名的锡铁山？是一座蕴藏着极为丰富的金、锡、铁、锌的大山？是 1983 年采到重达 3.5 千克的天然金块的地方？

借故欲方便，请师傅停车。我看着那深沉的彩色山体，庞大而悠远，踮起脚来也未看出究竟，只能是浮想联翩……

上路不久，我见到一辆载石车正向那山拐去，柏油路伸得很远。在岔路口有六七米高的铁杆上，横挂着一牌，但已锈迹斑斑，似有字的模样，这多少证实了我的一些猜想。后来，有位朋友告诉我，那边确实就是著名的锡铁山。

由此，我妄自得出经验，柴达木是不喜好张扬的；如那最大的硼矿，在路边并没有任何的介绍与推广；如那雪山下的温泉，不是当地人就很难知道。不像现在某些地方的“市场运作”，动辄“亚洲第一”“世界少有”。再试想一下，柴达木矿产如此丰富，若是道口都“挂牌”，那不是牌牌林立吗？其实，事也如此，人也如此。

在一望无际的瀚海行路，那壮阔、恢宏震魂慑魄，久之，你却向往山峦的起伏跌宕、峡谷迂回曲折的含蓄。正在这时，前面出现一条坡度约 30 度的大道，直达高冈。

高冈那边是什么样的世界？急切的心情中充满了期待，于是诱惑在闪光，激情被激起……右前方一脉山体呈赭色，穴罅嶙峋，在恍惚蜃气中如城如垣。

君早非常奇怪，小声问是不是海市。

我说那似烟如雾的是蒸发气，又称蜃气。那边确是山，不是海市。那山的穴罅应是风的杰作。近处可听到奇异的风鸣声，尖厉的、粗莽的……夜晚能制造出恐怖的气氛。

一山又一山，夹着戈壁、小盆地……这些地貌特征，使我想起读过的一份资料，说柴达木盆地的“地势由西北向东南微倾，海拔自 3000 米渐降至 2600 米。地貌是同心环状分布，后边缘至中心，洪积砾石扇形地（戈壁）、冲积——洪积粉沙质平原、湖积——冲积粉沙黏土质平原、湖积淤泥盐土平原，有规律地依次递变”。

文字虽然单调又拗口，但多少能指示我们去观察这片神奇土地的特殊地貌；看多了，总能有些体会。我们无法腾云驾雾地从高空俯瞰，也未找到一张卫星拍的照片！

· 这是与沙漠抗争后留下的唯一一条小河，它把绿的希望镶嵌在万里黄沙之中

刚到达冈顶，风沙扑面，沙丘连绵。

尖啸的风，驱动着沙砾如无数黄蛇游动，在丘壑间蜿蜒，有的直往沙丘上蹿，在低空五六米的空间盘旋……

风在张扬着魔力，沉寂、冷漠的沙丘倾刻充满了灵性，狂舞、游动、飞旋……

君早惊呆了，一再要求停车。他追踪着一股游动的沙尘，忽左忽右，直达丘顶，沙丘承受不了他肥胖的身体，使他非常滑稽可笑地慢慢矬陷。直到齐膝了，他才如梦初醒，慌忙连滚带爬地脱离了风沙的裹挟。

一声鸣笛划破了天地。

左边出现了草格子、芦苇栅栏的防沙设施，其后正巧有一列火车开向格尔木方向。

君早是第一次见到这样的防沙设施：用二三十厘米长的苇秆扎成一束一束的，或用五六十厘米长的芦苇编成帘状。沙较浅处，将苇秆栽成方格；沙较多处，用苇帘筑起栅栏，有效地发挥了固沙、防沙的作用。

后来，在塔克拉玛干大沙漠中，我们看到全长数百千米的沙漠公路，也是采取这种办法维护，君早大加赞扬，说这种简易的办法充满了智慧。他不知道，这种简易的办法，正是当年沙漠公路的建筑者们的创造。

过了沙漠区，天地豁然开朗，冈下一望无际——黑褐色的平原，微凹，异常黑褐，看不到一个小丘，看不到一棵树、一棵草；天空没有一只飞鸟，连一片云也没有，只有靛青色的天空与黑褐色的大地相望相接。天空开始变色了，不是那种湛蓝，而是靛青。

难道那是宇宙中的“黑洞”？

幽默盐湖

这些天来，我们一直在近5000米高的大山环绕、相对高差2000多米的盆地中行走，却没有感觉它是盆地，直到这时，才真真切切地有了“盆地”的感觉。肯定是因为这片微凹的平原冲击了“不识庐山真面目，只缘身在此山中”的习惯错觉，我想前面应该是柴达木盆地的盆底了。

它是那样硕大无朋！如一盘巨大的微凹的飞碟，黑褐中泛着琥珀的光芒，连天空也是藏青的大幕。是月球的冷寂、蛮荒，或是另一极地？它强烈地冲击着我们的视觉。

它有股震撼心灵的气质！

我热血翻涌。

该不会是察尔汗盐湖吧？

银亮的水呢？雪白的盐呢？

它不是察尔汗盐湖，又是哪里？

为何是这黑黑的、褐褐的一片？

为何又还似晶透泛着琥珀的光芒？

不久，路中立有门楼，上书“万丈盐桥”。是的，是的，一点不错，它就是察尔汗盐湖！

停车，我们大步走上盐桥。

这是一条笔直的大道，黑褐褐的，到处闪耀着琥珀的光芒。它没有桥墩，没有护栏，只是两旁的浅沟让路面显得略高，全长30多千米。

为何称之为“桥”？

它确实是桥，因为它横穿察尔汗盐湖！只是“盐湖”的外表有悖于我们习惯的印象

· 万丈盐桥

或记忆。

在西部，你得用另一视角去审美。

这是世界上最壮观、最奇特的桥，最为平易近人的桥，是青藏线上著名的桥！

我们在盐桥上蹦，在盐桥上跳，在盐桥上跑！又走到桥边用手去扳伸出的路牙，嘿，坚硬如铁！

这是世界上造价最低、最易维护、最坚强的桥，与大地融为一体的桥！

建造这座桥很简单，先画上线，用掘土机从旁铲上盐，浇上卤水，轧路机一碾——成了！

若是需要维修，也是如法炮制！

盐是晶亮、雪白的，可它是黑乎乎的，刚才看到的盐湖也是黑乎乎的。

是大漠风的顽皮，将漫天的沙尘吹来；日积月累，竟将“白雪公主”涂抹成“灰姑娘”！

察尔汗为蒙古语，也是“盐泽”之意。自古以来，柴达木大约就是以盐著称的，也是生活在这里的蒙古族同胞引以为傲的。

盐湖东西长 168 千米，南北宽 20—40 千米，总面积为 4704.8 平方千米（也有一说为 6000 平方千米）。

它实际上是个湖泊群，其中有别勒滩、达布逊湖、霍布逊湖等等。在其周边，还有着水波荡漾的协作湖、新湖等等，并非全部干涸。也就是说，这个广袤的盐湖区，是由多种生命进程中的湖泊群所组成，因而也就具有了异彩纷呈的形象，完全可以称为湖泊生命大观。

我们又在湖上蹦、跳、跑、跺，直到脚脖子疼，也未能将湖面跺出个凹印，甚至都感觉不到弹性；又用手抠，也未能扳下一块，湖面竟然坚硬得如铁板一样。

童年时，我和小伙伴们常在巢湖滩上游戏，只要在一个地方使劲跺，不出几分钟，先是有水浸出，渐渐脚下的沙土就如面团一般。但面对察尔汗盐湖，就像捧着一部巨著，却无法翻开坚硬的封面阅读，纳闷又无奈。

我们只好继续前进，希冀翻开书页。

我们非常渴望寻找到一个目标，这个目标就是钥匙，能打开神秘的大门。就像在漫漫长途中，总是要在前方寻个目标作为目的地一样，它会鼓舞你前进。它是一个终点，又是新的起点。

天，靛青靛青，失却了湛蓝的晶亮，深沉厚重。太阳只是一个小小的、圆圆的灼亮的饼。阳光溢满天地之间，脚下热气蒸腾，盐湖平展悠远，直到与天相接……

“我明白了为何有‘苍穹’一词。这就是苍穹，它给了蒙古人灵感，才创造出蒙古包。蒙古包就是天地苍穹的物化。”我思绪翻涌。

大自然总是以自己万千的形象，去感悟它的臣民。大约是受了我的感染，君早接着朗声说道：“这儿的天才是天，地才是地，在城里绝不可能看到这样完整的天，完整的地！”

他怎么摇身一变，成了诗人！虽从事编辑，也写一些短文，可他从来没涉足过诗。诗是从胸膛里喷涌出的歌声。

前方波动起水光的影像，影影绰绰的湖崖，是另一个形态的盐湖？我迷茫的心中，浮起了希望和喜悦……

· 戈壁中的海市蜃楼最具蛊惑性——山水永远在你的前方，你却永远走不到它的身边

我们急急奔去。

奇怪，那湖、那崖像顽皮的孩子，总是在前面晃悠……

“那个盐湖是可望而不可即的！”我停步了。

君早惊诧：“难道是海市？”

“按理说，早就到了湖边，可它还在前面。环顾四野，只有这黑褐色的盐湖，只有咱们爷俩，连一棵草、一块石头也没有。”

君早乐了，没有叫，没有跳，只是心领神会地微微笑着，欣赏着大自然的奇妙。

“盐湖是位幽默大师！”突然，我俩乐得几乎是同声高呼。前思后想，进入盐湖的经历真是回味无穷。

我想坐下稍事休息，可马上跳了起来，盐湖尖凸灼热的硬壳，又硌又烫——它不喜欢这样亲热……

失去了目标，是前进还是后撤？在这茫茫的盐湖上，只有靛色的天，黑褐色的湖面，正所谓“水天一色”，已找不到我们车子的一点踪迹。

只有无奈，彷徨……

百味之王

“迷路了？”

我猛然回头，一位大汉天外来客似的正向我们走来。身材与我不相上下，一米八以上，宽肩，虎腰，背包带勒在双肩；戴顶压得很低的绛红色棒球帽，帽檐又阔又长，遮去半个脸部，深邃的目光犀利、聪慧。

没有一点点声响，没有一丝丝风的拂动，没有任何的暗示，他就突然出现在我们身后，真是奇怪极了！

见我们只是惊诧地注视着，他又说：“肯定是来看盐湖的。”

“请问……”君早答话。

他却在我们的脸上审视了一遍，说：“爷俩好兴致。这样的大热天，跑到这寸草不生的盐湖看风景！”

君早刚想张口，他又说：“你有你爸的影子！”

“是我爸有我的形象特征！”

他指了指君早投在盐湖上的身影，说：“你肯定是小儿子，只有最小的儿子才敢往爸爸头上爬。没有你爸哪有这影子？无本何有木？”

他说得我们哈哈大笑，气氛顿时轻松起来。

“请问，你……”

“一口一个‘请’,‘请’得人多疏远！我认识你爸，神交已久。想不到在这地方相见，真的很高兴。这就叫缘分。老弟，是叫你小胖子还是大胖子？算了，叫胖子吧。广东人称肥仔，中性。你别光是瞪眼。我是在中央电视台《东方之子》专题中，结识你爸的。”

“那张脸可惨不忍睹啊，满脸胡子茬儿，还黑一块、黄一块，像秋天的荒山野岭！”小儿子自小顽皮，喜欢在我身上找乐。

“正是那样的原生态，才一眼难忘！刘老师，我当学生时就读过您的大自然文学《云海探奇》《呦呦鹿鸣》。”

“这样的资料在网上很好搜索，尽管是上个世纪80年代初期的作品。”君早说。

“‘四五月的三十九岗，正是花信勃发的时节……’”

这是长篇小说《呦呦鹿鸣》的开篇，电台曾连播一个多月。他乡遇故知使我感动。可我反复在他脸上瞅，竟然找不到一丝记忆，但的确又好像在哪里见过。

君早问之再三，他就是回避，是刻意在这神秘的盐湖创造一点神秘的气氛？看他年纪大不了君早多少，也不像是个劫道剪径的；即使是位刀客，也未必能敌过上阵的父子兵。由他性子吧。

再说，相逢何必曾相识，尤其是在这空寂辽阔的盐湖上！我们之所以始终跋涉在人生的旅途中，不就是为了寻找知音——知音是彼此的，相互的——寻找的期待和向往，弹奏的是生命的欢乐和幸福！

“刘老师，在盐湖相逢，我明白了您另外一些作品。像《夜探红树林》《金黄的网伞世界》《黑麂的呼唤》中，那份震撼心灵的真实魅力的源泉，是来自在大自然探险中的切身感受。”

“我常说他就会糊弄未亲身经历过的人。”君早插话说。

“老弟……”

“胖子，就叫我胖子。我有大唐遗风，以胖为美。起码是在要采取绝食斗争时，本钱比瘦子厚。”

当着作者的面谈作品，听来当然舒服。《金黄的网伞世界》写的是在滂沱大雨中探索蘑菇世界，不是对大自然有特殊感情的读者，大约很难记住它的篇名。然而，如我这一辈的知识分子总感到有种不自在。我们欣赏西方人那种直率的自我推荐，可又总感到有失谦谦君子的风度。是虚伪吗？是那个时代的影子或五千年文化沉积的重负？幸好这时君早插上一杠子。

他很善解人意："我是特意来给你们当向导的，胖子，欢迎吧？"

君早伸出肥厚的大手，重重地和他击了一掌："我可是最挑剔、最喜欢寻根刨底的游客！"

上路了，他在前面引领，尽职尽责，讲解盐湖，侃侃而谈。为了节省篇幅，为了使这篇大自然探险作品不致滑向小说的途径，我只好采取一些笨拙的技术手段。

在酸甜苦辣咸五味中，盐为"百味之首"，也有"百味之王"的说法。没有了盐，世界就没有了滋味。最起码是我们的饮食没有了滋味！中国人骨髓里浸透了对美味的追求，不厌其烦，孜孜不倦，我常为这点感到自豪。从某一层面上说，人生不就是为了一张嘴吗？

也可以说，我们对盐的认识最为深刻！毫不夸张地说，盐和空气、阳光、水同样重要。

据医学家测试，健康的成年人，每人体内需含有约150克的盐，血液中需含有约50%的盐。在汗液、脊髓液、淋巴液中也必须含有盐。

记得1999年，我和李老师到贵州梵净山考察黔金丝猴——梵净山的高度号称8000级，在攀登到近6000级时，汗水已湿到我穿的牛仔裤的下腰，不时感到腿发飘，脑子空空的。

李老师非常担心，我心里却明白。我紧走几步找到路边小店，要了一撮盐放进矿泉水中猛喝。李老师突然明白，这是脱水，实际是汗液带走了大量的盐分。

在医院输液，主要也是盐水。在长途跋涉中，尤其是爬山时，带一包盐是必不可少的。医生也会告诉你，人体内缺少了盐，会引起消化和心脏功能的降低或衰退，抽筋，甚至精神失常……

湖盐、井盐主要在我国的西北地区。另有矿盐和海盐。翻开沉重的历史，你会发现，在那蛮荒的时代，谁占有了盐，就是占有了财富。为争夺盐产地而发生的战争，也常有记载。盐是战略物资，在革命战争年代，敌人对红军、新四军的封锁，盐是其中重要的一项。

在巴东旅行时，你不仅可以看到人行的古栈道，还能看到运送卤水的古栈道。在今天，看起来并不起眼的盐，在历史上由于交通的阻隔，对于盐的需求，使人们付出了难以想象的艰辛，尤其是对于远离大海的人们。

我想起在横断山脉探索时，常常经历茶马古道的沧桑。其时，人们用它将盐和茶运往缺盐的地方。

我在川西考察大熊猫到达宝兴县，为了探望法国传教士戴维当年隐身的天主教堂——他是第一个将大熊猫介绍到国际舞台的人——在邓池沟中疾行数小时。邓池沟的由来，就是为了纪念在此开凿了盐井的邓氏。

在滇藏边澜沧江畔的盐井镇，我们冒雨去江边看盐场。只见万丈深谷中，朦胧一片、由无数木柱撑起的如房舍的建筑，其实顶棚平坦。卤水是江边的一个泉眼，引出后被接到顶棚上，再晒制成盐。目睹深峡中的盐场，你的思绪会停滞或腾飞。

我们安徽的定远，就有蕴藏量丰富的盐矿，生产矿盐。

在民俗民风中，至今还保留着对盐的崇拜，如哥萨克人隆重的礼节中，首先是盐。维吾尔族的婚俗仪式中必不可少的一项，是新郎、新娘各吃一小块在盐水中蘸过的馕。这象征着什么？你可以展开浪漫而丰富的想象。

通常我们所看到的盐是白色的，其实，盐也是五颜六色的。

·青海钾肥厂是我国目前最大的钾肥生产基地。从盐湖中提取的钾肥堆积如山，正待装车外运

我们在囊谦县（青海玉树州，澜沧江源）就参观过红盐场，那里引卤泉水晒制，盐呈赭红色。另有青盐和蓝盐，想来也都是因所含的成分不一而致。

至于盐的形状，察尔汗盐湖会展示出难以想象的千奇百怪。

察尔汗盐湖的储藏量是600多亿吨，可供全世界人食用2000年，中国人食用7000多年。有人做过趣味计算，若是用察尔汗的盐造一座由地球至月球的桥，其厚度可达6米，宽度达12米，三车道绝对没问题。

但盐湖的真正财富并不在于蕴藏如此丰富的盐，而在于更为宝贵的宝藏！“盐”除了我们日常生活中食用的盐的本意，它还是一个更为富有、传奇的家族的统称。

“他是盐湖宣传部门派来的？”君早向我小声嘀咕。

“不可能，我没和他们联系，他们根本不知道我们来。”我一向不愿兴师动众，喜欢凭着感觉去发现自然的奥妙，这对读者很重要。

我们终于看到建筑物屹立在盐湖上。

在青海钾肥厂——我国最大的钾肥生产基地——堆积如山的不是氯化钠（盐），而是成品氯化钾——农业生产中必不可少的钾肥。人们忙碌着装袋、装车，铲车、载重汽车穿梭往来。一片繁忙热闹的景象，与刚刚走过的冷寂空廓的盐湖成了鲜明的对比！

氯化钾的山丘泛出淡淡的灰绿，像是童话世界中的万宝山。

氯化钾、硫酸钾俗称钾肥。钾是农作物生产中不可缺少的肥料，它能使茎秆粗壮、坚韧，防止倒伏，又能促进开花结果。记得儿时，母亲总把灶洞里的草木灰扒出堆好，只要看到哪块地的菜长势不好，就要我们跟她去撒草木灰，在每棵菜秧下放上一小撮。不几天，菜叶就油绿油绿的了。

神秘的背包客非常机智，大概是要将成果先呈现，再慢慢回溯过程，以引人入胜。

如果说，氯化纳是我们生活中必不可少的元素，那么氯化钾就是农作物生长中不可或缺的元素。

但我国是钾盐资源异常短缺的国家！

我们常说“地大物博”，但我国人均土地面积仅相当于世界水平的33%，人均水资源仅为世界平均水平的27%，却要养活世界五分之一的人口，可见钾肥对我国农业的意义。

我国人均矿产资源仅占世界平均水平的58%。据有关资料显示：发展国民经济中所需的45种主要矿产的储量，根据目前勘探的结果，只有26种可以保证2020年前全面建设小康社会的需求，不能保证的有19种，特别是石油、铁、锰、铜、钾盐等7种矿产。

我们曾经不仅有“贫油”的帽子，也有“贫钾”的“桂冠”。

我国每年钾肥的消费量高达800万吨，近年来，虽有年产150万吨，但仍需用外汇8亿美元进口。而这150万吨的产量，则主要是察尔汗盐湖的奉献！

钾盐成了战略物资，关系到国家的安全！

发现藏宝

我们从钾肥公司出来，在山丘般的氯化钾成品中穿行。

不久，我就迷糊了，在黑褐色的盐湖上，出现了一个个长方形的池塘。我在海南岛莺歌海边见过盐田，这些池塘几乎和它一样。这下面不都是盐吗？为何还要……

神秘的背包客只是狡黠地对我眨眨眼。

盐田阡陌纵横，该往哪里走呢？

但有神秘的背包客的引领，跟着他走吧！果然，他将手一指——远方湖面在灿烂的阳光下，黄绿蓝的色彩弥漫出无限的诱惑，似是色彩的奇幻，又洋溢着水晶的光芒，诡谲、神秘。我们小心翼翼地在窄窄的埂上曲折前行。

啊！一湖水明如镜，质感很强，如一种黏稠度很高、浓厚的汁液，近处是黄绿中掺

· 采盐船正在湖上采集钾盐矿

着说不清的色彩，湖中蓝色氤氲。远处两只采盐船如飘浮在天边，迷迷蒙蒙，忽浓忽淡，虚无缥缈。

没有一片云，没有一棵小草，没有一只飞鸟，没有一丝水纹，只有靛青色的天，只有一湖色彩奇异的诡谲的水……

这是一片寂静而凝固的世界，但阳光正在蒸发着水分，钾盐正在结晶，酝酿着神奇的变化！

这显然是人工湖，它整齐的形状、坝埂都能说明。

既然全部是盐，还要采盐船干什么？它采的是盐，还是盐的家族中的哪位？

实在可恶，背包客对我们所有的问题，不是眨眨眼就是耸耸肩，讳莫如深，像是在保守着一个巨大的秘密。

在左侧有一稍小的盐湖，是自然湖，景象另样：淡蓝色，平滑耀眼。湖岸垒起一层一层洁白的盐晶，伸向湖心数米，那纹痕如年轮一般。湖湾的盐晶，活似雕塑。

在湖岸中行走，如走在钢板上，清脆的响声惊得我一跳——在这寂静的世界，它是那样脆嘣嘣地响！

“我第一次走在盐壳上，也被吓得一跳，但渐渐感到它的韵律，脚步轻松了，心情愉悦了。这里的精彩，层出不穷。”

嘿，他这时候开口说话了。我们一些微小的情绪，都逃不过神秘背包客的眼睛。

再向前，满目的盐花惊得我屏声息气，那一粒粒结晶体，如柱，如珠，如茸，实在找不到更恰当的词。真正的美，是无法说出的，只能借用珊瑚、珍珠、钟乳石描绘，只能靠心灵去体会。

盐花一会儿塑出楼台亭阁，一会儿塑成金枝玉叶，一会儿又塑成珍禽异兽，一会儿又塑成宝塔；那层层叠叠，那镂空穿凿，那错综复杂，是任何人间工匠都难达到的境界。大自然将盐的结晶幻化得如此气象万千！

在一汪锈红色的水边，结出了如葡萄般垒起的晶莹的盐花！这大约就是葡萄盐吧！

那如钟乳石的，大约就是钟乳盐吧！

如珍珠般的，应是珍珠盐了！

盐的结晶，竟有如此多端变化！

“刘老师，和您在黄山看到的雾凇、冰花，有没有异曲同工之处？”背包客问。

他的话触发我想起了30年前的冬季在黄山考察短尾猴的情景——

为了便于观察，在大雪纷飞中，我将一群短尾猴“赶”到了为它们选定的地方。那是一条山谷，上方有一陡崖，山泉挂下一瀑，溪边长满了兰草、麦冬、小灌木、野菊。太阳高照，银色世界漫起红艳，映得千姿百态的雾凇、树挂犹如红宝石般闪光流彩。我潜伏在溪边观察短尾猴时，看着飞溅的水花落到兰花叶上后，渐渐塑成冰花而惊呆。冰雪塑造了艺术殿堂，和盐花塑造的艺术天地竟如此相似！

“你们感动了造物主，真是幸运，因为最近几天没有大风，才能看到如此洁白，如此异彩纷呈、千奇百怪的盐花！若是大风骤起，卷来戈壁尘埃，那一切都将变色！”背包客侃侃而谈。

“那洁白多姿的盐花是氯化钾吗？”我问他。

“不，那是氯化钠。氯化钾属于另外一个故事。这个故事被传得十分神奇，并非一种版本，但故事的主人公没有变化。我得从发现钾盐的故事说起。”

说到钾盐，在上个世纪50年代，很使我国科学家愤愤不平。加拿大是固体钾盐的富有国，即使是在我国的周围，西边的邻国哈萨克斯坦有钾盐矿，南边的泰国也有固体钾盐矿。大自然为何厚此薄彼？难道真的是地质构造的原因？

当时，从已发现的大型固体钾盐矿看，都是远古大海沉积的财富。因而在地质界似乎形成了一种定论：只有这样的地质条件才可能存在钾盐矿。若是内陆盆地，一是因为面积较小；再是黏土对钾敏感吸收，导致流入盆地的钾的含量减少；还有干湿气候周期性的变化；等等。总之，内陆盐湖难以形成钾的富集。

但是，中国的科学家们不信邪！说我国是贫油国的理由似乎也是这些，但在大庆找到石油就是最好的反证。

1957年10月，一支科学考察队来到了察尔汗盐湖。队长是著名的化学家柳大纲先生，其中有著名的盐湖专家郑锦平先生（现为院士）。

世间的万事万物，似乎都是在不经意中，或是在平平淡淡中发生的，却改变了整个世界，真是“于无声处听惊雷”。

那天，柳大纲、郑锦平两位先生在盐湖路上边走边聊，有个奇怪的现象吸引了他们的眼球。路下边每隔一段距离就出现一个坑，不深，只有二十多厘米，坑内是满满当当的卤水，旁有盐花……冥冥之中有种力量撞击了他们的心扉，或许这就是灵感吧！

是那盐花的晶莹，还是晶体的奇怪形状粘住了郑锦平院士的目光？他弯腰抠下了一块，用舌头舐了舐，就像个孩子初次品尝糖果的美味。当然不甜，也说不上咸，倒是有些辛辣。他按捺住怦怦的心跳，要柳大纲先生也尝一尝。

两人像孩子般飞奔回考察队……

化验的结果证实了——

是的，是的，这就是钾盐！

找到了，找到了，终于找到了钾盐！

考察钻探地球深处的信息，捷报频传，察尔汗是个富集钾盐的大矿！谁说中国“贫钾”？谁说在内陆盆地不可能有钾盐的富集？

奇妙之处在于它隐藏在氯化纳结晶体间的卤水中！大自然总是像一位魔术师，在任何时候都能抖出万千奇妙。

我突然明白了他刚才为什么不回答我们心中的种种疑问，只是眨眼、耸肩，那是为了这个故事的精彩！

· 盐湖的另一种形象

难怪我们看到了一条条挖出的水沟上架有水泵，将盐湖中的卤水抽到盐田。卤水碧绿青翠。原来那有着采盐船的大湖，竟然是人工开掘的。采盐船采集的不是食盐(氯化钠)，而是光卤石——钾盐！所有的盐田，都是利用阳光将水分蒸发，采集光卤石！

我很纳闷，盐埋藏在哪里？

这无边无际的大湖，不都是盐吗？

我很为自己的笨拙感到可笑。

神秘的背包客宽厚地笑了："你的问题也是来盐湖的人常提的问题。主要是这层黑乎乎的盐壳掩盖了真实。这个壳有二三十厘米厚，镐子都难刨动。听格尔木的朋友说，多少年前，为了创收，各单位都去采食盐。先用炸药将盐壳炸开，下面就是白花花的盐，尽情地挖吧！大家没日没夜地干，挖出的盐堆成山，可运不出去，卖不出去，一斤盐才几分钱。一算账，不干了。现在更没人采盐了，这给参观者造成一种错误的印象！"

说到这里，神秘的背包客非常感慨："人是最功利的，盐对人来说是那样重要，可是与钾盐比较，价格相差那样大，自然受到冷落！如果说柴达木是聚宝盆，那么盐湖就是聚宝盆中的宝葫芦，丰富而敦厚。盐湖中的宝藏号称'四大家族'，储量都占全国第一。

除了钾、钠，还有镁和锂。锂可是当今世界的抢手货。过去，没有学过化学的人，很少有人知道金属锂。现在不一样了，我们拿的手机、数码相机，凡是用到电池的物品，哪一样离得了锂电池？锂的身价比钾还要高。

“知道吗？对，离这里不远，你们肯定会去的。东台吉乃尔就是蕴藏丰富锂矿的盐湖。那里已建起了厂房，正在开发！这里每个盐湖下几乎都不是淤泥、沙砾，而是宝藏。你们在大柴旦一定到了湖中的硼矿，还有的湖底全是石膏矿……”

这位神秘的背包客，似乎无所不知，无所不晓。他从事的是何种工作？我再一次拐弯抹角地试探。

可他总是以机智和幽默，将我们的注意力转向新的神秘之处。

问急了，他就说：“我对这里的地质很感兴趣，想听吗？简直是鬼斧神功，天设地造。”

请设想一下，如果能打一口深井，用特殊的玻璃钢作为井筒，乘电梯下去参观，你会看到：

风吹日晒形成的盐壳，有20—50厘米厚。

盐壳下是白玉和碧翠辉映的奇妙的世界。洁白如雪的是盐，在结晶体的缝隙中间流淌的青绿液体是富含氯化钾的卤水。卤水特别丰盈，足足有20多米深。

继续下降，又是10米多厚的晶体盐，一片银雕玉琢的境界，没有一丝一毫的杂质，是个纯粹无比、晶莹透明的世界。这种绝伦的美艳，是在任何地方都难以享受到的。

你会不想走，想使时间凝固，渴望着与它融为一体……

可是，电梯不能等你，它是按照电脑程序严格控制的。

再往下行是沙土，一粒粒沙，一块块鹅卵石，被紧紧压缩。

你会看到河流带来的这些物质，经过几千万年的逐渐沉积、陶冶 大自然运用神奇的力量，将一盘散沙压成一块坚不可摧的大板。

经过地质学家的解说，你会了解到每一层所代表的地质年代。

哪个年代的气候变化，水量的枯盈都清清楚楚地记录在案。

这块大板，隔开了两个世界，成了隔离层。

因为在它下面，又是一片水的世界，水色洁净透明，如晶体一般。

正在你彷徨时，水龙头打开了，向导请你品尝盐湖深处的水。

是的，清凉、微甜的水浸透了肺腑，让人回肠荡气。一点不错，是淡水。

严格地讲，是矿泉水。不信？可以回味回味刚才喝到嘴中的水，是不是有一种特殊的品质？

这层水很深，有40多米！

奇妙吗？奇妙在设置了这个沙土层，更奇妙的是这个沙土层被大自然陶冶得坚如钢板，密不透风，隔离了盐和水。盐不被水淡化，淡水不被咸化。

造物主想得万般周到，为后人的开发，准备了足够的淡水。若不然，在这盐湖上，人类如何生存！就像在一个四周充溢了黄金的地方，人也总不能以吃黄金为生吧！

你不信，这里房子的墙，都是盐砌起的！

盐湖下竟然是如此辽阔深邃的淡水湖。不过，若是只将湖中的淡水作为一般的使用，就太可惜了；因为它是难得的、在地下封存了千万年的“陈年老窖矿泉水”！在今天这个到处被污染的世界，这是多么稀罕的珍宝！

美妙的景象，美妙的大自然，他的描绘令人陶醉！

君早小声对我说：“他是个诗人，要么是写科幻作品的？”

我摇了摇头：“他脚踏实地。”

我也奇怪，大自然为何将厚重的恩宠都倾注在柴达木盆地？而它的表象却是满目荒凉，怪异得平淡无奇。难道这真的是造物主的私藏？

环绕盆地四面的昆仑、祁连、阿尔金山的融雪，发育了几十甚至上百条河流。较大的有柴达木河、格尔木河、托拉海河等等。它们都流向盆地，在盆底汇集，带来沿途的各种盐类也汇集于此。

在地质年代的早期，它肯定是沼泽、湖泊，一片汪洋。淡水补给量与蒸发量之间的反差，使湖水逐渐减少。

有人说，湖泊是有生命的，也有诞生、成长、壮大的过程，直至消亡。干涸了，湖泊的生命就消失了。这大约经过了八千万年的历史。

·阳光日复一日地将水分蒸发，盐湖就成了另一种形态，它不再有荡漾的水波，却留下了岁月的年轮

其实，湖泊并没有“死亡”，就像庄子由蝴蝶的羽化展抒其浪漫情怀一样，你不能说蝴蝶成蛹是它的“死亡”。它是在积蓄力量，幻化为更大的创造。盐湖同理，它收容了所有，幻化成更为辉煌的生命！

在地质年代，大约五亿年前，柴达木盆地是一片海洋，属古地中海的一部分。后来，由于板块俯冲，柴达木盆地逐渐隆起，最后海水退去成了内陆。总之，是几经海洋、陆地的沧桑，地壳的剧烈变化，海生生物的沉积，各种矿物的聚合，才形成了盆地的富有。

就在盐湖的边上，已发现了储量丰富的涩北天然气田。西气东输的工程基本峻工，西宁已用上了天然气。

气田和油田相连，花土沟、冷湖下面是油海，黑色的金子。

穿越柴达木盆地，建议你们绕着盐湖走。一定要去西北面的南八仙、一里坪，那里有最为壮观的雅丹地貌，绵延上百千米！是难得一见的自然奇观。

柴达木盆地是在前侏罗纪柴达木地块基础上发育起来的中、新生代陆内沉积盆地。穿越柴达木盆地，如果你们有心，如果你们有缘，还可以捡到一种红绿相间相映的神奇的榴辉岩，它可是板块冲撞的最有力的证明。

柴达木盆地的地质构造太妙了，是一首最为浪漫的诗。榴辉岩是四亿五千万年前形成的岩石，曾经沉睡在五六十千米的地下。板块的冲撞，竟然把它顶到了地表，覆盖在六千五百万年前才形成的岩石上。

无独有偶，盆地中有的煤矿是两亿年前才形成的，却盖在五亿年前形成的岩石上。

有的油田，竟是像拧手巾一样的地质运动，将石油汇聚形成。

大自然就是这样以我们难以想象的天翻地覆的力量，创造出无限的神奇，透出无穷的魅力，吸引着地质学家、诗人和哲学家！

走完了柴达木盆地，你肯定会自然而然地得出一个结论：这里是上苍设计的最为庞大而丰富的地质博物馆！

想看到地质是怎样如魔力般运动的吗？请到柴达木地质博物馆来！

想看盐湖的秘密吗？请到柴达木地质博物馆来！

想看石油是怎样生成、藏在地层何处吗？请到柴达木地质博物馆来！

想看盆地是怎样把黄金和煤炭、铅、锌聚集在一起的吗？请到柴达木地质博物馆来！

你会欣赏到无与伦比的自然风光。

你会欣赏到荒漠的美。

你会看到地球童年的脚印。

你会看到人类童年生活的轨迹。

考古学家一直在寻找原始人类由旧石器时代前进到新石器时代的过渡段，这是进步阶梯中的重要一环。一点不错，他们在柴达木盆地找到了这个过渡期的石器、文物。

这是一卷形象生动、博大精深的教科书，是坐在教室翻阅纸质的书本，或是在电脑中……总之，是在钢筋水泥构架的建筑物中，绝对看不到、搜索不到的知识！每个人在这里都会有自己的收获。

知识是什么？是人类社会进步的阶梯，是打开未知世界的万能钥匙！

揭开盐湖的秘密，意义绝不仅是在察尔汗盐湖找到了钾盐，它是“芝麻，开门”。按照西方一些地质学家的论断，在大庆根本不可能有石油。我们打破了这个理论，在大庆找到了石油，“芝麻，开门”带来了一连串的油田发现。

在柴达木盆地的西北，只有一山相隔的，还有库木库里盆地。它的面积也有20 000多平方千米。只不过是被东昆仑和阿尔金山围得更紧，海拔在3800 4200米，是比柴达木更高的高位山间盆地。交通的阻塞，导致至今涉足的人不多。那里是我国现在保存最好的高原野生动物王国，生活着数以万计的野牦牛、藏羚羊、野驴、雪豹、棕熊、狼、狐……有沙漠，有盐湖。

和库木库里盆地仍是一山之隔的北面，即是著名的塔里木盆地，面积为56万平方千米，是柴达木盆地的两倍多。海拔为778—1300米。最低处是罗布泊，罗布泊面积曾达5350平方千米。

还是一山之隔，北面是准噶尔盆地，面积有38万平方千米，海拔为500—1000米。海拔高程更低。

塔里木、准噶尔、柴达木三大盆地都发现了石油、天然气。在柴达木已找到了我们紧缺的钾盐，那么，在另外两个盆地就没有钾盐了吗？库木库里盆地呢？有没有石油、钾盐？

· 盐湖中出产的蓝晶晶的盐晶，比起水晶毫不逊色

目前已传来了好消息，当然那是另一个故事……

“我建议你们一定要带点纪念品回去，一是晶盐，它们都是正方形，这是大自然神奇的天设地造，晶莹剔透；另一种是水晶盐；再是珍珠盐，那真是‘大珠小珠落玉盘’；还有一样是彩色的盐花，可以陈列在任何地方，都能显示其神妙，看一眼都会让你浮想联翩……”背包客说。

“他肯定是诗人，要么就是科幻作家或科普作家！”君早更加坚信自己的判断。

可我仍然摇头。直到我2005年再次回到柴达木，再次去探访花土沟油田，才豁然开朗，悟出了他是谁，他在干什么。

……

突然，我看到湖面上印有巨人的身影，两腿如柱，足有十多米长；宽阔的双肩如石墙屹立；头颅硕大，一顶红色鲜亮的棒球帽，映在水晶般的湖水中，身影像是印在湖上，又像是嵌在蓝色的水晶中，又像，又不像，美得不可名状，像是光彩效应的幻化。

等到我将视线收回，一直陪伴我们的神秘的背包客不见了。只在远处，有着他的背影。

再看湖面，一马平川，只有夕阳将那顶红帽照得如巨臂举起的火炬！

我和君早瞠目结舌。他来得匆匆，去也匆匆，在我们心中留下一片茫然……

· 千姿百态的盐塑作品

在以后的几天中，我们遵照神秘的背包客的指点，找到了各具个性的大小盐湖，看到了斑头雁在苇丛中带着孩子觅食，看到了鱼鸥从高空俯冲、一掠水面时嘴中已叼起了小鱼……这是一片生机盎然、洋溢着青春活力的盐湖。

在察尔汗的腹部，我们找到了壮观的盐柱湖。在银白的盐的世界中，晶盐堆成了柱状，一根根林立；更有粗壮硕大的，如银色山崖的雕像。这些晶盐的雕塑或兀立湖中，或群集岸边，和我之后在南八仙看到的雅丹地貌群竟有那么多的相似之处！

“我敢说这是世界上最大的盐塑博物馆。”君早宣布，带着神秘的背包客的余韵。

更有一湖，中间有一圈一圈的盐花，圈起了一个个小湖——湖中湖。湖水淡蓝乳白，小湖碧蓝。一个个圆圆的小湖，如莲花盛开！奥妙在哪里？盐花围起的小湖中有着水的涌动，原来是地下泉溢出，不断有淡水补充。我想起在黄河源草滩上看到的铜钱印，也是地下泉冒出的水泡，圆形水印，中间一孔；想起在四川黄龙、云南白水台看到的泉华所形成的一级级形状各异的水池。那坝埂是碳酸钙日积月累形成的，乳黄色的泉华圈起一泓泓碧蓝的水。

由此，我悟出湖与湖之间的坝埂，其实是盐的结晶形成的。

神秘的背包客在谈及“芝麻，开门”时，我已听说在塔里木盆地发现了大型的钾盐矿，但不具体。我想那钾盐矿应是在罗布泊。

直到2005年3月28日，2004年国家科学技术奖揭晓，女科学家王弭力登上领奖台，领取了科学技术进步一等奖的殊荣——这是最高的奖项，每年授予人数不超过两名——这才揭去其神秘的外衣，将更大的发现呈现在世人的面前。

王弭力是以“罗布泊地区钾盐资源开发利用”项目获得殊荣的。她在十年的时间里，率领一批科学家，六进“死亡之海”的罗布泊地区，终于找到了特大型的钾盐矿！这里的钾盐是以硫酸钾形式出现的，同样是潜藏在盐的晶体缝隙的卤水中。

罗布泊原来是泱泱大淖，流入塔里木盆地的所有河流都汇集于此。直到1972年才完全干涸，在卫星照片上留下了一个大大的“耳廓”状，更像是留给人类一个大大的“？”。

“我和我的同事们在柴达木盆地从事钾盐研究。多年来，我们通过柴达木盆地和塔里木盆地的对比研究，认为在12万平方千米（应为25.5万平方千米左右——编者注）的柴达木盆地有丰富的钾资源，那么在56万平方千米的塔里木盆地也应该有钾的富集。因为，在第四纪青藏高原隆起之前，这两个盆地是相通的，应该有相似的物质来源，加上对前人资料及遥感资料等分析，更坚定了我们的信念。”王弭力如是说。

在获奖“评语”中有这样一段叙述：“在找钾实践中，发现盆地沉积中心随新构造运动而不断迁移，钾盐则富集在迁移后的深盆中，形成‘矿随盆移’的新概念，进而概括为‘高山深盆迁移成矿论’。在该理论指导下，在罗布泊北部次级深盆——罗北凹地取得突破，发现了超大型钾盐矿床。”（以上两段文字均引自朱奕先生的《王弭力：与罗布泊的生命之约》）。这才是王弭力的“芝麻，开门”！

罗布泊将是我们后面的行程。

沙漠情人

沿着盐桥，我们穿过察尔汗大盐湖，格尔木矗立在这里。

时间回溯到50多年前，一支解放军的队伍迎着戈壁狂风、扑鼻的咸味，在大漠中跋涉。

一条清亮的河，甘甜的水，洗涤了满目的荒凉，滋润着干渴的心田。

红柳举起玫瑰色的花穗，胡杨张开绿色的怀抱，芦苇、沙棘、梭梭织成了一片绿色的世界，构成了盛大的欢迎仪式。

带队的慕生忠将军问："这是什么地方？"

"格尔木河。"向导说。

将军挥起铁锹，往地下一插："这就是格尔木市！"

在市区，至今还保存着慕将军的办公楼，供后人瞻仰。他就是在这里，带领战士们修筑了通向拉萨的公路。

一座城市在这里诞生了。经过50多年的建设，现在它已是国家4A级风景名胜区，拥有20多万人口的城市。

打开世界地图，格尔木正在亚洲中心。

蒙古语的格尔木，是河流密集的地方。

格尔木是昆仑明珠，守望在巍巍的雪山下。

格尔木是内地通向昆仑山腹地和西藏的大门。青藏公路、青藏铁路、敦（煌）格公路在这里会合。

每年进藏物资有90%通过这里。

· 屹立在格尔木昆仑花园广场中的雕塑，再现了沧海桑田

它还是南迁的丝绸之路的驿站，西去的香料之路的驿站。

格尔木是柴达木的明星，财富的标志。百万吨钾肥、百万吨炼油、石油天然气三项工程项目的投资和兴建，形成了格尔木市的工业框架和基础。在西部大开发起初的十大项目中，这占了三项。另有青藏铁路格尔木至拉萨段的建设。

格尔木是黑褐盐湖畔、茫茫大戈壁中的一座花园城市。杨柳依依，白杨油绿，街心花园中姹紫嫣红。尤其是太阳花，异常灿烂。格尔木河更是使这片绿洲增添了美的流动。

市区的街道，均冠之以昆仑路、黄河路、江源路……显示出地域的特色。随便找一位格尔木人交谈，他都会如数家珍般地告诉你：长江源头、昆仑雪景、玉珠冰川、王母娘娘瑶池、昆仑神泉、可可西里、大漠胡杨……种种神奇。

街心花园各具特色，若是仰望手牵骆驼进入柴达木盆地拓荒者的雕像，敬仰之情定会在心中澎湃。

看胡杨去，大漠胡杨有不可抗拒的魅力。

对于胡杨，我并不陌生。1999 年，我在塔克拉玛干大沙漠中考察过，写过《救救胡杨林》，得到过强烈的呼应。

在日程安排得很紧张的行程中，我还坚持要去看胡杨，细细想来，主要原因是进入柴达木盆地之后，还没有看到像样的天然林——盆地中原生的森林。途中可鲁克河、大小柴旦湖附近的芦苇，戈壁滩上的芨芨草、骆驼刺，与大片荒漠相比，仍是扫除不了我心头的苍凉。

出格尔木市区向西北，戈壁滩上便道纵横，油车、勘探车轧出了一道道深深的辙印，油气管道交错。朋友老谢说，这都是涩北气田的生产车辆。柴达木天然气储量约1500亿立方米。涩北是个大气田，每天源源不断地向西宁、兰州输气。

一条弯弯的小河，清亮，潺潺流动，画出优美的弧线，留下一个个河湾。河湾中芦苇茂密，菖蒲、莎草在风中摇曳，几只野鸭凫游。

对面是郁郁葱葱的一片，不是胡杨，是人工栽植的杨树林，树龄在10岁至15岁之间。林后露出村落的房舍。

雪白的羊群从树林走出。牧羊的是一位蒙古族的大嫂，见我们正举着照相机，莞尔一笑，不再赶羊，那意思是：尽情地拍吧！

河边有几顶白色的蒙古包，主人盛情邀请喝茶，说是沙漠里像蒸笼。我们婉言谢绝了。

老谢留在车内休息，要司机大杨为我们做向导，说他对这里熟悉。向导的重要性，在长年的野外生活中我已有极深刻的体会。现在老谢不进沙漠，肯定是那边并不怎么“好玩”。

我不禁注意起一路言语不多的大杨了。他中等身材，白净的脸膛上寻不到一点大漠留下的痕迹，只是体格精干。

大杨走进蒙古包，详详细细地问了路径。

我心里咯噔一下：在沙漠里迷路……我连忙用眼神告诉老谢我的疑虑。老谢大大咧咧地说：“放心吧！别看他年纪不大，可是位老师傅，高原上的路他闭着眼也能跑！”再看大杨，他的神情、举手投足倒使我感到……

大杨说，这地方已变得认不出了。尽管有老谢的评语，尽管如此解释，仍未抹去我心头的阴影，于是我对君早使了个眼色，他心领神会地点了点头。

转过蒙古包，前面就是有 20 多米高的沙丘，直压到杨树林后的村落。从这个角度看，村子就在沙丘下。杨树林护卫着村庄，护卫着这条秀美的小河。

越过一片小沼泽才能到达沙梁下。在红柳、芨芨草、盐蒿、芦苇中行走，时时得当心脚下，尽管艰难，心情还是愉快的。在水和绿色的植物中穿行，犹如进入沙漠前的盛宴。

沙梁陡峭，风已将它抹得毫无表情，显得寂寞而冷峻。每爬一步，至少要滑下半步，软软的，滑滑的；咬牙用力，陷得更深——很无奈，使不上力。沙砾反射太阳热能，直往脸上扑；细沙往每个毛孔中钻。

我早招呼君早将相机包好，否则等会儿就有大麻烦。他已气喘吁吁，看不到他脸上的汗，只有蒸发后留下的汗渍。胖子搬动自身，总是要付出更多的能量。

我们终于登上了沙梁，满目沙包，沙窝参差，胡杨或三五成群，或突兀孤立。尤为触目的是一个个城堡般的高台，其上红柳的花穗旗帜般拂动。

纵目远眺，似是由沙梁、红柳包、胡杨台地围起的一个沙漠盆地。这是我在塔克拉玛干大沙漠也没见过的景象。

我的右手有一红柳包。我们下了沙梁仰视，才感到它的突兀高耸。

四面黄沙围住一土质高崖，尤显陡峭伟岸；顶端红柳蓬勃，花艳如霓霞。

我在崖边寻路，想攀上去；走了一圈，都是光滑、垂直的，找不到一个落脚之处。

红柳是沙漠、戈壁中富有诗意的植物，枝条柔韧，皮色红艳，叶窄细如线，花形与叶相似；花色有深有淡，深红如玫瑰，淡红似胭脂；极耐干旱、盐碱。几乎随处可见到它的身影。

红柳一般都只有五六十厘米高，枝条茂密，树冠成蓬状，如杨柳，但性格极坚强，毫不逊于松柏，在新疆特别多。维吾尔族老乡说它和胡杨是沙漠中的一对情人："红柳红红的，是位漂漂亮亮的姑娘；胡杨高高的、粗粗的，是位英俊的小伙子。"

红柳袅袅，但脾性外柔内刚。狂风吹来，起起伏伏，风过之后又蓬蓬勃勃。沙长一寸，它高一尺；沙增一尺，它长一丈。总是压住黄沙，总是昂首向上，傲视肆虐的风沙。

·植被遭到破坏之后，狂风已将泥土席卷而去。只有红柳、胡杨坚守，因而形成了高高的红柳包和胡杨台地

·红柳立在高高的土包上，像深情的少女，眺望着台地上的胡杨

我见过的红柳多呈灌木状，直到2005年，我从北线到帕米尔高原，才在新疆见到乔木的红柳大树，那是多么惊奇！

我一边仰视着身边的红柳包，一边思索着……

“你在研究这座红柳城堡？”君早毫不吝惜胶卷，估计最少已拍了几十张，才抽出时间问我。

“你看，包顶的红柳原来应是当年的地平线。因为我们所看到的红柳包和胡杨立足的台地，基本上都在一个等高线上，这就是证明。

“现在我们站着的地方，已是一条西北东南向的沟沟，像不像河床？不知哪年，植被遭到破坏，强劲的西北风，将薄薄的土层掀开卷起，日复一日，竟然扩剔出如此一条深沟！”

红柳呢？凭着它发达的根系，牢牢地固守着这方土地。我在塔克拉玛干大沙漠见过红柳根。一位老乡为了取柴，刨开了红柳包。根比树干粗了几倍，整整装了三车！这足以显示它生存的本领，生命的雄壮！

君早也仰起头来，仔仔细细地阅读生命之歌。

我们越过这条沙沟，又爬沙丘，到达胡杨林。

林子不大，只有七八棵胡杨；在对面的几处高地上，也有林子，都只有四五棵树。这里较高，极目处也都是这样的景象，一条条沙沟将它们阻隔成岛状。绿岛星罗棋布。据介绍，这片胡杨林有30平方千米。

我突然悟出维吾尔族老乡的话，胡杨和红柳确实是一对情人。你看，它们都立在崖头上，地久天长，相看两不厌。

这片胡杨，多在十多米高。树身粗壮，树冠不大，叶呈灰绿。黄褐色的皮起鳞，遒劲敦厚，透出的沧桑、顽倔的气势有一股震撼力！看其胸径多在八九十厘米，甚至有一米多，其岁应是数百年，是饱经世故的长者。

有两棵胡杨已经伏地，但仍如虬龙般游动，稀疏的枝叶依然一片绿意。生存的艰难，总是造就坚强的生命。

胡杨和红柳都是古老的植物，从古地中海漂泊到青藏高原。当海水退出，高原凸起，它们同时留下作为原始的居民，撑起一片绿色的世界。“胡杨三千岁”，源于维吾尔族老乡说的胡杨可活一千年，死后一千年不倒，倒后一千年不朽！既是生命的写照，更是生命的颂歌。

胡杨为落叶乔木，极耐干旱、盐碱，维吾尔族老乡又称它为英雄树。是它在沙漠中撑起绿云，构筑绿洲！

据当年考察队的朋友说，它的根系很发达，可深入地下10米处。它又是储水的高手，沙漠中的旅行者常常在其树身凿洞取水。还是那位考察队朋友说的，他们想测出一棵胡杨的年龄，当拔出生命锥时，树身内竟然飙出足有两米长的水柱。

为何这边胡杨却是如此状态？

我从这个胡杨台走向另一个胡杨台，突然，对面的胡杨台展示出奇妙。

迎风的一面已堆起了沙丘，沙丘上一片幼林——严格地说，只有十几棵细直的小树，却有股往上猛蹿的劲头。

我急忙下去，越过沙沟，再爬到台地上。是的，它们神奇地从沙中冒出，堂堂正正地立在沙坡上。与黄沙产生强烈对比的，是它们枝头碧绿油亮的叶子。

“该不是胡杨吧？叶子像是柳树的。”君早小声嘀咕。

肯定是的，胡杨又叫“变叶杨”。在童年时，其叶细长，少年时长阔如柳叶，成年后才阔大如卵形。这是生存技巧的神妙，是为了对付沙漠中巨大的蒸发量所采取的应对措施。

其实，胡杨树不同形状的叶子往往集中在一棵大树上。其中的奥妙，直到我们2005年从北线去帕米尔高原时，在三河汇集地的沙雅才得以揭晓。

胡杨还有一种特殊的本领——老树新枝——在枯倒的老树上，新芽抽枝。这里极有可能是沙埋了老胡杨，但由于沙下有潜水，新芽拱出，再造一片世界！它们就是这样不

· 在应对干旱和风沙时，胡杨常常自行枯死一部分枝条，以延续生命

屈不挠，激情澎湃！

一路上我不露声色地与大杨攀谈，他确是在青藏高原行车十多年，经历过各种奇异之事，这打消了我心头的很多疑虑。他证实了我的猜测，才打消了君早的疑虑。

在沙沟中，我捡到一块树皮，呈焦棕色，龟裂成一个个方块状，如龟板。我将它递给了大杨，引出了大杨对一段历史的讲述：

“这里原来是一片茂密的胡杨林，有几条小河在林子里曲曲折折。我在当知青时，队伍开到这里垦荒，砍树、挖根。树好砍，树桩难挖，长得深。那时野物也多，黄羊、獐子、鹿多得往我们住的地窝子钻。一到晚上，四处是用胡杨烧起的篝火，篝火上飘着野物的肉香。

“开出的地还未种上庄稼，狂风已将黄沙碎石卷来。我今天来看了也大吃一惊，才几年没来，已是满目疮痍，变得连我也认不出了。

“风沙太可怕了。现在才明白，当年的愚蠢，竟遭到自然这样可怕的惩罚！这里恐怕再也难以恢复当年的景象了……”

他说得我们心头像压了块石头。恰在此时，远处腾起一股黄乎乎的烟雾。大杨说起风了，赶快到胡杨树下避一避。刚坐下，风沙已呼啸而来，吹得睁不开眼，呛得嗓子憋不住咳，君早干脆将衣服反拉过来包住头……

幸而时间不长，可我们一个个都沙头沙脸的。

清理完毕，君早突然有了发现：“老爸，看树上！”

在一棵胡杨的顶端，树枝搭成了鸟巢状，巢状物较大。

我在川西卧龙考察大熊猫时，亲眼见过铁杉树杈上，有一枯枝搭建的简陋的巢状物。说是鸟巢吧，太大，又稀稀朗朗，鸟蛋如果没有拳头大，肯定要掉下来。建巢的枯枝粗实。如果不是鸟巢，那又是什么？

正疑惑时，胡锦矗教授来了：“没见过？是黑熊搭的窝！这个傻大黑粗的家伙也喜欢高高在上，临风把酒啊！其实，有巢氏不也是住在树上的吗？”

我们快步走到那里，树很粗，不高，沙已掩埋了原有挺拔的树身。我们踮起脚，也看不到巢内的情况。从建巢的枯枝看来，不可能是黑熊的杰作，也不是人工所为，最大的可能是鸟巢，但显然不是喜鹊的巢。鸟巢是鸟儿们的居所，可谁会到这大漠胡杨中建立生命的摇篮呢？

儿时我是爬树能手，可现在笨手拙脚，急得君早在树下张臂呼叫。我爬了一小截，看清了，确是鸟巢，窝内枯枝上垫有羽毛，奇特之处在于还有兽毛和兽皮，以及几团陈旧的粪便。掰开粪团，里面也裹夹了碎骨、兽毛。这是猛禽的巢无疑了，因为只有它们才能捕捉小兽；再是从羽毛的花纹以及巢的构造，已基本上推断出是雕或秃鹫等猛禽。

我和鸟类学家有过交往。他们说鸟巢的形状和结构，相似的程度愈大，种类关系愈近，能为研究鸟的系统分类、演化和地理分布等，提供很多有价值的信息。我正是得益于他们的学识，才可能做出这样的判断。

大漠是猛禽的王国，我怎么忘了这一点？

我端详着那几根羽毛，感觉这很可能就是胡兀鹫的巢。这个家伙外貌上有明显的特点，即颔下有一撮长胡子，很容易与秃鹫及其他鸟相区别。它凭借着巨大的翅膀，真是扶摇万里，将啸声留在蓝天白云之间，能在8000米的高空，利用上升的气流，像直升飞机那样，悠悠地翱翔，甚至停留。但若是发现了猎物，它会骤然之间加速，势若流星，能轻松地抓起一只黄羊，再升高，带到山崖上美餐一顿。再是它的续航能力可达到十小时左右。

猛禽喜爱在人迹罕至的山峭筑巢。在这一望无际的沙漠中，突兀的胡杨台也应是高仰、险峻的。将爱情的信物、子女的摇篮构建在胡杨树顶端，是为了安全还是心高气傲的必然？它为了生命的尊严，绝不做一丝的苟且，然而，漫天黄沙已使胡杨失去了当年的挺拔伟岸……它们以生命的壮阔与生命的顽强相互辉映，焕发出奇异的光辉！

胡杨台的另一面，沙窝里一片青绿，绿得耀眼，绿得让人心花怒放。我们全都坐到沙丘上往下滑行，一个劲地往那边赶去。它既是心灵的慰藉，又是希望。

我们带的水早已喝完，渴得喉咙冒烟。

抬头望望，天空靛青得发黑，只有几小片白云，沙漠中热气蒸腾。

君早说："快成木乃伊了。汗一出毛孔就蒸发得干干净净，是桑拿中的干蒸。再淌只有油了！"

哪位朋友？

绿地上的芨芨草、骆驼刺、白刺长得旺盛，几朵黄色的小花开得灿烂。地也有潮色。

可是，一丝地表水的踪迹都没有。我们不死心，仍在草丛中寻找，哪怕有个小水凼也好。

我问大杨，可记得哪里有水？大杨说，已面目全非了。看样子这里有地下水，可没带工具，无法挖。他建议打道回府。

君早索性脱了上衣，俯身趴到草地上，连叫“爽，爽”！

大杨连忙把衣服盖到他背上：“这里太阳毒啊！被紫外线灼伤要疼好多天。”

大杨审视草丛的神情，引得我走了过去。

“找到了水？”我疑惑地问。

“不是！”看到我往那边走，他忙说，“没什么，往那边找找看吧！”说着，就离开了。

他的神情表明有发现。但是，确实没有水，只是草丛吸引了我的眼球——草茎有被采食过的痕迹。

“像是有位朋友在这里逗留过。”我压制着发现的喜悦，尽量将语气说得轻松平淡。请设想一下，在这黄沙漫天的大漠中，在这只有我们三个人的空旷而无际的世界中，突然有个鲜活的生命在你眼前跳动，那是多么激动人心……

“怎么可能呢？刘老师真会说笑话。走到现在，连个人影都没见到。走吧，我也渴得挺不住了。”大杨在远处说。

我招呼他回来，一把拉住他的手，指着被采食、折断的草：“这是什么？我说的是动物界的朋友。”

他只眨巴了一下眼：“这里沙鼠多，它们吃草凶。”

“不是，绝对不是沙鼠吃的。它们喜欢从根部下嘴，但这被采食的痕迹在草的上部。”

“兔子呢？野兔也多。快走吧，再不走，就要在沙漠过夜了。夜里冷，谁吃得消？别忘了这里可是‘早穿皮袄午穿纱,围着火炉吃西瓜’的沙漠。”他脸上泛着顽皮的笑容，硬是来拉我，劲道十足，可我还是没动脚步。

我在草丛中仔细搜索。多次参加野生动物考察的经验，终于帮助我发现了蹄印，可印迹很模糊。猎人在山野行猎，靠的就是辨别野兽留下的足迹、粪便，当然还有生态。

大杨见我不走，无奈，又走了回来：“不是兔子，就是沙鼠。”

“不是。有蹄印，肯定是有蹄类的。”我说。

“黄羊、鹅喉羚，还是野驴？”

“野驴的足印大，食量也大。它们来了，采食后的草不会是这样。再找找，有清晰的足印或是粪便，就容易知道它是谁了。很像是一两个家伙，胆子小，吃两口换个地方。若不是，在这黄沙漫天中见到了青草还不狼吞虎咽？”

“刘老师打过猎？”

“老爷子常跟随动物学家考察，也有不少猎人朋友。”君早说。

在一棵结满黄色果实的小灌木下，有几粒野兽的粪便，像羊粪一样一粒一粒的。

大杨一拍大腿：“咳，原来是老乡的羊群来过！”

我说：“羊是见青就吃的家伙。羊群来过，还能留下这么好的草？”

大杨又一拍脑瓜：“这肯定是黄羊！这里过去黄羊多，一群上百只，跑起来蝗虫一样密密麻麻！那年在这儿垦荒，大雪天，一只黄羊突然钻到地窝子，我们一个组的人全都扑了上去。别看它个头不大，可是机灵精，左躲右闪，逗得我们手忙脚乱，人仰马翻。最后它狠命一跳，撞开了顶棚，逃走了。我们炸了营，全都钻出地窝追。到了野地，就是它的天下，只好眼睁睁地看它跑了。”

原来，他也会眉飞色舞地说话。

见我毫无反应，只是在找粪粒，还不时放在鼻端闻，大杨焦躁地站在一边。

对于这样形状的粪粒，我太熟悉了，似有一种老友相见的情感，心里荡起波澜。它虽与羊粪有很多相似之处，但绝不是羊留下的。羊的粪粒如算盘珠，呈圆形。这粪粒趋于扁形，像瓜子壳。凭着经验，我认为这肯定是鹿科动物留下的。它触动了我心灵深处的一根弦。

1975 年我参加皖南梅花鹿考察时，那位被请来做向导的曾经是打鹿队的领班师傅——一位瘦小的老头，教给我很多鹿的生态知识。他就是靠粪粒形状的细微差别，准确地判定是公鹿还是母鹿留下的；根据粪粒表面的光泽度，准确地判断出鹿茸的大小。鹿茸按照形状、大小，价格区别很大。

不一会儿，君早也捡到了粪粒，也放到鼻端闻闻，却沉默不语，再交到我的手上。虽然这些粪粒较为陈旧，但多了之后，相信能传达出一些重要的信息。我要君早再去找。

“刘老师，你看太阳已到哪里了！快走吧，不行明天再来。天一黑，我真的没把握把你们领出去。水是一滴不剩了。”

大杨近似哀求的警告不是没道理，但发现的喜悦，这么多天在大漠中积集的渴望，使我怎么也割舍不下。

太阳已大偏西了，但热力丝毫不减，沙砾集聚、反射的热量更多。不久前天空中还有几朵白云，现在也似乎被蒸发了，只剩下了丝丝缕缕。

环顾四野，大漠无语，只有我们三个人的身影。没有水，有胡杨，心里踏实一点。至于迷路，那确实危险。我后悔这次出行没有带 GPS——卫星定位仪。大杨进蒙古包问路留给我的阴影又浮现出来，我再次对君早递去一个眼色。

他会意地点了点头，很肯定，毫不犹豫。他的双唇已满是翘起的皮子，脸上像是涂了层灰黄的面膜。

我这个小儿子有个特殊功能。他已领会了我的意思，也意识到这个发现的重要性。

但大杨的表现，还是令我心中有点隐隐不安。说实话，第六感觉不好，似是要出事前的“眼皮跳”……

“大杨，你可以先往回走。真的，我们会找到回去的路。”我说。

“怎么可能呢！丢了你们，我交代得了？别用激将法了。求你快点吧！”

终于有了七颗粪粒。

我静了静神，尽量将心静下，将粪粒掰成碎块，又用唾液将其润湿，然后徐徐、深深地吸气……突然，若有若无的香味在丹田中游动，直沁肺腑，顿时有种神清气爽的感觉……这是一种特殊的香味，被誉为“香魁”的香味，只要闻过一次，终生不会忘记。

我笑了，问大杨：“你见过麝？就是香獐。”

“是那个宝贝？”大杨愣了会儿才一惊一乍地说，“当然知道，还见过它的香袋子。那时，这一带可多呢，只是打香獐的人更多。绝了，都忘了。”不是那种又惊又喜的语气，而是带有一种异常复杂的情绪。

又过了半晌，他说：“不可能是香獐！”

当时我并未注意他白净脸膛上的复杂的表情，只是不断追问为什么。

“格尔木的香獐多，那是过去。我已很多年没见到了。打香獐的人太多，绝了，不可能再有香獐了。这里原来多美，今天已沦为了沙漠！”

大杨沉默了许久，说得很沉重。

异香开启了心窍，遥远的情趣、盎然的记忆像潮水般涌上心头……

决定迅速做出，我要去探访这位尊贵的主人。

想想看，大漠中追踪麝，那种诱惑，谁能抵挡？

当然，我想了解这里更多的生态变化。柴达木虽然荒僻而遥远，但它仍未能逃过人的愚蠢的破坏。对野生动物的无情猎杀，让我们一路上没见到一只曾生活在这里的野兽。若真的能见到麝，那意味着什么？我的心里泛起波澜……

大杨再次强调天晚了，又在沙漠的深处，饥渴难耐。总之，是困难重重，危机四伏。

我说起当年在黄山考察时，在倾盆大雨中的山间行路。正是雨天，让我看到了奇妙的蘑菇世界。若不是机遇，怎么设计，也难找到那样的天气，那样的环境。在野外考察，很多机会是可遇而不可求的。

“不想去证实一下究竟是不是香獐？你对它好像……”我故意不把话说完。

“不，不是。怎么可能呢？”他的脸上掠过红云，神情尴尬，在白净的脸膛上很显眼。

我在草地转了一圈，也没发现更多的线索，无法判定它是从哪里来的，又往哪里去了。但从草地只有七八十平方米的面积推测，它也只是偶尔来此采食。食草动物选择采集地时，庇护条件是重要的考虑，既要有食物，又要能很好地掩蔽自己，保障安全。

“这个时候，它们都躲在阴凉处休息，傍晚时才会出来。”

大杨突然冒出的话，使我惊异。他对香獐的生活习性不是毫无所知。

但若是等到傍晚，我们肯定在天黑之前出不了沙漠，等候的老谢肯定会急得跳，还会采取措施实施营救。

我不愿兴师动众，当然也自恃在山野的经验，计划着尽快发现它的踪迹。现在是下午 5 点多，西部与北京有时差，估计要到 9 点多时天才黑。首要的是选择较好的路线……

“它们有舍命不舍山的习性。”大杨接着说。

我真的有些吃惊了：“你也是内行嘛！”

我的话闹了大杨一个大红脸。是的，他的脸涨得通红。

“舍命不舍山”是打麝猎人的行话。是说麝较为依恋栖息地，不管是受惊或是外出采食，最后还是要回到选定的栖息地。猎人正是根据这一特性设伏布套的。

估计这只麝的栖息地，就在这方圆五六里的地面。我爬到胡杨台上观察，左前方有片林子树叶的绿色较亮，应是水源较好。右前方的林子不密，但有着山岩。

大杨的表情，让我多了个心眼儿，我问："你看，我们该往哪边去？"

"刘老师笑话我了。"

"哎，你是当值土地菩萨嘛，不问你问谁？"

他沉默了一会儿，像是思索了很久，最后才说："往右前方那个林子去吧！"

"左边胡杨树长得好，看样子水源也不错呀！"

"它们喜欢有岩石又陡峭的地方！"

我对大杨真要刮目相看了。一般人绝不可能知道麝的这种脾性，只有……

麝在丛林中是弱小动物。豺、狼、猞猁等猛禽都是可怕的杀手。麝不论雌雄都无角。雄麝长有獠牙，总算比雌麝多了一件武器。但这武器多是在繁殖季节，集群争偶、同类相搏时，才派上用场。平时，雌雄并不合群。雌麝也只是在护崽时，母性的勇武才激得它敢和敌人对抗——那也只是使劲顿足示威。

大杨感觉到了我审视的目光，他低头的一刹那，我看到他又红了脸。我只得岔开话题，与他商量一些具体问题，但心里冒出一个念头：肯定有故事。

我们原本可以分头寻找，但在这样的沙漠中容易迷路，我要求三人拉开距离，但又能互相见到，又叮嘱君早不要大呼小叫。在野外考察最忌讳人多，气味容易惊吓了野兽。

神奇麝香

我第一次见到麝，大约是在 1976 年。那时我是珍稀野生动物考察队的编外队员，职业是一家文学杂志的编辑。只要时间允许，我总是尽可能地参加队里的考察活动。好像是 6 月，听说要去大别山考察麝的生存状况，我抓紧时间做完手头工作，但还是晚了两天才出发。

我那样急切地要去探访麝，究其原因，倒有些好笑。并不因为是野兽的麝，而是因为汉字的“麝”：“鹿”为部首，属鹿无疑；可“射”呢？是奔跑如射，还是它有秘密武器可以发射？查询资料，原来“麝之香气远射，故谓之麝”（《本草纲目》）。这个“香”一定非常特殊，才有资格为它造字。一点不错，在雄麝的肚脐旁，生有一香囊，分泌麝香。

正是在检字索引中，我才知道祖先们不仅对麝有了了解，而且已经加以利用，它甚至入了文人墨客的诗句。它首先是作为芳香剂美化生活的，帝王将相等贵族人家持麝，以麝的芳香来炫耀身份和门第。

焚香溢室的香，有樟木、檀香之类，最为名贵的应是麝香，继而才逐渐发现香能开窍。中医有人具七窍之说，窍塞患病，于是麝香成了治病的良药。香味能疗病并非妄语，至今仍有香疗沐浴盛行。

在这方面我倒是有些亲身经历。儿时常出鼻血，止不住，塞鼻的棉花球能拉出一长串的血块。大姑母就急急拿来一锭陈墨，要我母亲赶快研，然后用棉球浸透墨汁塞鼻，清凉有股异香。不一会儿，血止了。那墨很粗壮，是六方柱形，上有金色的龙腾图案，是真正的徽墨。

姑母细心地将墨收藏好。原以为那墨是父亲留给她的，因为我父亲的书法有造诣，特别是楷书，常常被人要去作为字帖或挂在家中。谁知姑母却说是祖父留下给人治病的。

祖父是中医，总是备有常用药供乡亲们来讨要，意在积德。姑母说，真正的徽墨中有冰片、麝香，能止血。后来，我还亲眼见过一位吐血的病人来讨药，端回去一盆墨汁喝了。

正是因为徽墨的神奇，几十年之后，我在皖南一个山村的一座古宅中，看到柱子上楹联的纸已被岁月或虫蛀蚀完，但残片上字迹赫然耀目，又一次悟出徽墨的神妙。宣纸号称千年寿纸，也是得益于徽墨，得益于麝香，是麝的文化。麝香具有防虫作用。

“墨香”“书香”的由来正源于此。

麝香是极珍贵的动物香料，素有“香王”之称。它为人类带来了福祉，也给麝带来了灭顶之灾。

麝香只生于雄麝身上，原本是赠送给雌麝的爱情信物。它是一种特殊的分泌物，集中在雄麝肚脐眼与生殖器之间的皮囊中，大小如核桃般。到了繁殖季节，雄麝就用香囊部位在岩石、树干上摩擦，让香味散射，以召唤雌麝。

只迟了两天，考察队的朋友已潜入了大别山中。失落与沮丧搅得我心神不定。我记起在佛子岭有个养麝场。

养麝场在佛子岭水库的一个岛上。我费尽了周折，才和他们联系上。他们开来了小船，将我载到岛上。刚见场长老颜，我就乐了。我们在一次会上见过面，他是学生物专业的，也是考察队的成员。

岛上养有百多只的麝，主要是原麝和林麝。大别山麝资源丰富，是就地取材，从野外捕捉了几只，然后圈养繁殖。

在进入圈舍时，老颜反复叮嘱：脚步放轻点，别大声说话。麝的胆子特别小，在野外是弱小群体，豹子、豺狗、狼、豹猫都是它的天敌。它的生存策略是尽量隐蔽，受了大的惊吓它们能撞死。

果然，听到我的脚步声，它们都急忙往阴暗角落里躲，瞪着惊恐的大眼，闪着无限的不安和恐惧，有的甚至簌簌发抖。我的心灵被深深触动，也就早早结束了观察。

这是我第一次见到麝。

其后一年，一直跟随我生活的老姨母回乡下，邻里之间为房基地发生了激烈的争吵，继而动武。

姨母前去劝解，却被盛怒中的乡邻搡倒。我把她接回合肥，去医院做了检查，X光片显示右手腕有一根小骨断了，且错位，需要手术。

姨母一生坎坷，极刚强，说她已是70多岁的老太婆了，不想去受那份罪，连打石膏也不愿。我们左劝右劝毫无用处。

这事不知怎么让老颜知道了，他特意送来一个纸包，说这是科研中用剩的麝香囊的皮皮，也许会有效。那确实是三分之一大小的香囊皮皮，多少还残留了一些香末。

于是我在捣蒜的石臼中将它慢慢研成粉，再撒到膏药上给姨母贴。没多少天，红肿消散了。后来，手腕也奇迹般地能够活动自如，连纳鞋底都不妨碍，直到她94岁高龄离去。

在十年动乱结束后，动物考察队的生活时时在我胸中涌动，搅得我不安。于是在停笔十多年之后的1978年夏天，我带了一包稿纸，想也未想就来到了佛子岭水库，进行文学大自然的探险。或许，是对那忧伤而惊恐的麝的眼光的回应吧！

这是否就是缘分？

在和老颜的交谈中，我才知道，养麝场是属于医药公司的。大别山虽然麝资源丰富，但由于滥猎，没有任何的保护，作为中药材的麝香，已经很短缺。医药公司迫于形势，决定在野外捕捉麝，人工养殖、取麝。

经过多年的努力，他们已能人工取麝，且不需要宰杀雄麝。他们根据季节、麝的香囊的状态，然后人工取出乳白色的麝香。成果令人鼓舞！它解决了保护与利用的矛盾。但是，才30多岁的老颜，头发已经花白，满脸的沧桑，他的模样印在我的脑中挥之不去。

还是《本草纲目》中说的，麝香能“通诸窍，开经络，透肌骨，解酒毒，消瓜果食积，治中风、中气、中恶、痰厥、积聚症瘕”。后人总结为有通经活血、芳香开窍、消炎止痛三大功效。

臭能熏死人，香味却能起死回生。一大奇迹，一大发现！

有人做过粗略的统计，含麝香配伍的中成药竟有近300种，而《全国中药成药处方集》收集的是2600多种。近代研究表明它对治疗心血管疾病有特效，且是治癌药物。著名的安宫牛黄丸、片仔癀、云南白药等等中成药都有它的成分！

记不清是在报纸或是哪个资料上，我读到过一段故事，说是越战期间，美军大量采购片仔癀，发给作战士兵。因为在热带丛林中，毒虫、恶疮多，抗菌素对它们疗效不高，而片仔癀却有神奇的疗效。

还有一件事值得一提。大概是20世纪70年代末，我们在新安江上游考察。那次要到号称“毒蛇王国”的安徽、江西交界处，因而我们特意从蛇科所请来了蛇王老杨。老杨是专职捕蛇、养蛇的技师。

毒蛇王国中除了剧毒的金环蛇、银环蛇、眼镜蛇，最多的是五步龙——传说被五步龙咬后，人走五步就倒。

那天，刚进入一片原始杉木林还不到20米，蛇王已捕了四条五步龙。他捕蛇不用蛇叉，只是一个马步向前，眼疾手快，抓住蛇的七寸，提起往蛇笼里一掼。他捕蛇的绝窍在于他下手时拿捏蛇的部位的精准和用力的分寸。抓蛇时抓的部位不对，蛇可扭头咬；拿捏时力大，蛇会挣扎，甩尾缠腕；力小了，提不起容易滑落。

有位队员突然发现左前方盘了一条大蛇，正昂着粗壮的蛇头吐芯子，吓得连声大喊“蛇王”，但就没听到蛇王的应答。有个调皮鬼说：“哈哈，也有蛇王怕的蛇！”

蛇王不能再装聋作哑了，跑江湖的人把“面子”看得重：“我怕的蛇还没生出来呢！等我捉了送给你。”

但他一见那样的大蛇还是不敢疏忽，右手没有去捉蛇，倒是从内衣里掏出一个纸包，然后小心翼翼地将里面的粉末往蛇头上撒去，那大蛇倾刻委顿下来。蛇王这才伸手去捉。

蛇一甩尾巴，啪的一声扫在蛇王的腮帮子上，再一卷，缠到胳膊上。

蛇是抓住了，可蛇王胳膊上留下了血紫的印痕，半边脸都肿了起来。当天晚上他就走了，再也没有回来。

我问考察队的动物组老师那是什么药，竟有这样的奇效！他说，蛇王根本不会说，但他闻到了麝香、冰片的味儿。

我刚才也是凭着这一点相信草地上绝不是羊类的粪便；若是，屎壳郎之类的昆虫早把它吃了或推回家了。只有鹿和麝的粪，昆虫才不敢去碰它。

近两年媒体报道的一件事，更是让世人大开眼界。凤凰卫视的女主播刘海若去英国旅行时突遇车祸，伤情严重，昏迷不醒，被判定为植物人。她被迅速接回北京治疗，奇迹般地从死神手中夺回生命——醒了——用的就是安宫牛黄丸。

麝香真是救命仙丹。

设想一下，若是没有了麝香，仅仅对中成药的打击那将是多大！更别说对庇护人类健康的意义了。

我正一脚跨到沙梁下，想往上爬时，突然感到脚下发虚，提不起。原以为是汗出多了，体力消耗大，发虚。谁知脚像被什么捉住了往下拽，身子往下陷，牛仔裤与沙粒摩擦发出嗞嗞声……

我心想：坏了！但多次绝境逃生的经验，使我没有惊慌，也没有再挣扎……

“快趴下，趴下！”大杨大叫——大约是他看到了我的胳膊像神汉一样在舞动。

我顺势将上身俯到沙上。

大杨和君早都急忙向我奔来。

“小刘别动，站着！千万别动！”大杨对君早说。

一阵扑棱棱声起，几只鸟儿从沙窝里飞起，以羽色，以臃肿得如葫芦的形体看，是一群沙鸡。

君早离我近，来得快，但大杨高喊："站住，千万别动！别害了你爸！"他急得嗓音都变了调。

大杨连滚带爬地赶来，循着沙上我的脚印，像是在地雷区中，小心翼翼地一步步接近。他突然俯身卧倒，抓住我的手。是心理作用，还是……我感到脚下不是那样虚了，但我不敢使劲。

君早不傻，卧地抓住了大杨的脚脖子。

像是拔萝卜似的，我终于被拽出了沙的裹挟！

大杨的脸色煞白，坐到地上直喘气。

君早更是瘫倒在地。

我掏出了烟，要大家定定神。

吸了几口烟，我才喃喃地说："没想到下面是沼泽泥淖。谁想到沙漠里还有这样的陷阱？真是阴沟里翻船！"

大杨瞪了我一眼："你看看，鞋上有没有烂泥？"

真的，鞋子干干净净，只有细沙沾在白鞋帮上……我心里顿生恐惧，比刚才陷进去时还要恐惧。

"难道真的是……"我说。

"流沙！吃人不吐骨头的流沙窝。一定是！"君早一骨碌爬了起来，瞪着惊恐的大眼。

我却又迷茫起来……

大杨说了个令人毛骨悚然的故事：

我老爸说的。老爸是司机。

当年修公路时，在可可西里地区，听说有次一共有五辆卡车运送物资。途中有辆车抛锚了，修车费去时间，天黑了，离兵站还很远，只好找了块平缓的地停下。夏天，在一块避风的山崖旁，人们裹起棉大衣露宿。

早晨醒来后，大家都傻了眼，少了两辆车。

在这几百千米都见不到一个人的地方，谁来偷车？

再说，偷车贼总不能扛着车跑吧！要发动车，夜里气温很低，发动车很困难，还要预热。

七八个大活人，还能全都睡死了？

司机们七嘴八舌地嚷嚷。怪了，别的轮印都在，就那两辆车的轮印都没有了。

车主一个劲儿地说："我明明就停在这地方嘛，和他的车停在一起的，还能是我脑子长虫了？只一夜的事，哪能忘得干干净净。出鬼了！"

越是找不到车，越是推测着各种可能。在环境恶劣的高原开车，谁不是条汉子！渐渐地，一种莫名的恐惧感涌上大家的心头……

带队的老师傅说："别大惊小怪的，我们人都还在，一个不少。上车，开出去再说。"他说了几遍，就是没人上车。

老师傅定了定神，毫不犹豫地登上车，将车发动得轰轰响，呼啦一声开出。

眼看平安无事，大家这才纷纷上车。

那时，丢了两辆车可不是小事。

起初保卫科的干部怎么也不信，可几个司机都是经过多年考验的师傅。最后，他们决定去找。

谁还能一口吞下两辆大卡车？

蹊跷古怪的事，使保卫科干部多了一个心眼儿。他们跑到山里牧场上，找当地藏民老乡做向导。老乡听说是当向导都愿意；听说去找车，都摇头。

保卫科的干部纳闷了。最后一位藏族老人说："车压了魔鬼，魔鬼发怒，把它一口吞了。可可西里的格拉丹东是神山，不能打扰。"

保卫科干部当然不信这样的话，心里却多了条毛毛虫，硬着头皮去出事地点勘察，可一点蛛丝马迹都没发现，只好作为悬案。

在反复调查中，听到了一种说法：那车很可能是陷下去了。可可西里是冻土带，不同的地理环境，冻土层的深浅不一；如果冻土层浅，下面是沼泽，车载重，在夏天，慢慢陷下不是不可能的。是的，连个泡都不冒，上面又恢复成原样，就像是橡皮泥，再是……

信不信由你，那两辆卡车真的没了，再也没找到。

流沙的事，我也是听老爸说的。叫唤的狗不要怕，一声不响只瞪眼的狗才真厉害，等你看到它扑上来，就晚了！

流沙地和平常的沙地没两样，一只脚踏上也平常，后脚再站上去，它立即变脸。越是挣扎，陷得越快。凭你力大如牛，也使不上半分劲儿。孤身一人，真是灭顶之灾……

大杨的故事，让我想起 1999 年 4 月在福建梅花山听到的一个传说：

梅花山是华南虎的故乡。我们要搜寻华南虎的踪迹，当然首选地就是要进入它的核心区。但是我们未能如愿。原因是正值雨季，梅花山地形复杂，号称“梅花十八洞，洞洞十八洋，洋洋十八里，里里桂花香”。

谜语般的神秘。

直到我们在滂沱大雨中登上海拔近两千米的油婆记山顶，才窥视其一斑：山峰林立，湖泊沼泽遍布，森林蔽天。如没有相当的准备工作，凭我和李老师两个人，确实是无法进入的。

朋友们还说了很多民间传说。

有一则是说梅花山有三位神灵把守。其中之一是形如晒谷篾席的怪物，它伸缩自如，卷起如圆柱，放开如长方形。只要入侵者踏入，它就突然卷起，无论何物立即销声匿迹。

后来，在电影《可可西里》中，看到那位司机在流沙中挣扎，乱挥乱舞的双臂，直到渐渐沉沦的躯体……最后只剩下沙窝……我感到很冷，内衣湿透。这是一部纪实性很强的影片。

如果没有大杨老爸的故事，如果不是大杨处理得当，很可能我们三个人全都搭了进去，成为像彭加木那样的大大悬案。

两支烟抽完，大家也都回过神来，大杨说 ：“回吧！”

我摇了摇头，反复察看我刚刚陷入的那片沙地，想找出一些特征，可是毫无收获。

我怀疑脚下发虚，是不是幻觉？在野外爬山时，出汗多、流失的盐分多，脱水后脚会发虚，也可能产生幻觉……我非常想了解真相，难道真有那样玄乎的事？我想再去试试，看看究竟是怎么回事。

我仍然怀疑它只是一个稍深的沙窝，而不是吃人不吐骨头的流沙窝。因为在大杨拽我时，脚下似乎已不再那样虚……可是大杨和君早说什么也不同意冒那个险。

但我仍然采取了措施，一是尽量走台地，那是原生态区，即使有淤沙，也好判断——想方设法不要再走像刚才遇险的地形 ；再是缩短三人之间的距离。

香料之路

我们继续上路，感到干渴难耐。空气灼热，肚子里的燥热往外直冒，内外夹攻，我感到身体正在被缩水。

我走向一片较粗大的胡杨林，选了一棵皮色稍光滑的树，招呼他们过来："喂，酒吧开张喽！别客气，品尝品尝大自然酿的美酒，免费！"

"老爸，是不是气温太高，又受了惊吓？"小捣蛋虫伸手就往我额头上摸。

我挡开了他的手，不管不理大杨满脸的迷惑，坐下，打开摄影包，取出照相机，从底部夹层中取出猎刀。

这是一把长十多厘米，宽两厘米多，明晃晃、锋钢打造的短刀。

"你还藏着秘密武器？连我都被蒙在鼓里！"君早兴奋地说。

"这是你二舅特意送我的，跟随我30多年了；要不是藏得好，还不早就让你拿走了。"

小儿子最喜欢掏我的东西，对于利器，我当然要费尽心思藏好。30多岁的人了，他还是不改这坏毛病。当然也可以说是他经不住诱惑，因为我和李老师每到一处都喜欢收存特殊的纪念品，如火山蛋、皇冠海螺壳、相思红豆……

"该不是割腕饮血吧！"君早随性胡诌。

"胡说！都闭上眼……急令令，急令令，王母娘听着，请将玉液美酒送上……"我嚷嚷着说。

我举起猎刀，猛地发力，往胡杨树干上插去，再用力拔出。

好家伙，树汗如泉。我趴上去猛地吮吸，微微的苦涩，自有树木的自然清香，凉凉地润着喉咙，在心田里流淌，漫溢到四肢。

君早抢过猎刀，如法炮制，让大杨先趴上去，再给自己制造了吸口。

三个人如孩子般，使劲地吮吸着大地的乳汁。

“消渴、清热。美！实在是美！酷呆了！爽极了！跟着老爸饿不着、渴不着，感觉好极了！”君早像孩子似的说。

大杨一边擦着嘴角，一边嘿嘿地笑着：“刘老师，我也算是戈壁、沙漠长大的，可还是第一次尝到‘胡杨美酒’。真的，不说假话，是真正的美酒，心里阴凉，四体畅泰。当司机在高原跑车，忍饥挨饿的本领有。这叫什么？对，野外生存的本事，还是要向你学。服了，跟你到哪我都愿意！”

这倒说得我不自在了。我说：“其实这是维吾尔族老乡教的。他们喜欢胡杨，做拉面放点胡杨碱，韧性十足；做馕放胡杨碱，香味独特；做手抓羊肉放胡杨碱，嫩滑爽口……”

大杨问：“胡杨碱是怎么做出来的？”

我指了指胡杨树干上分泌出的结晶物：“这就是胡杨碱。其实它是为了排除多余的盐碱。大漠中的植物，海边的红树林树木，都有排除盐碱的特殊功能。这还是味中药呢，《本草纲目》上有记载。”

大杨抠下一块胡杨碱，对着太阳一照：“该不是琥珀吧！你看，是琥珀色！”

“琥珀还需要经过时间的陶冶。最好有只小虫子被裹进去。”

“只解渴，不算本事。我就是没想起喝过你从加拿大带回的枫树汁。要不然，开胡杨酒吧的老板就是我了！还有什么可以充饥的？我已饿得前胸贴后脊了。解了渴，馋虫就开始猖狂进攻。动动脑子吧！”

我说：“看你有没有口福了。信不信？沙窝里长有鲜美无比的蘑菇，再捡上一两只野兔、大沙鼠，那真是……”我有意说一些奇遇，意在抹去刚才险情在他们心头的阴影。

上路吧！我们又都精神焕发，眼观四方，探索着前进。

是的，我非常想看到麝，希望知道它们的生存状况。就在遇险流沙时，我突然想起柴达木盆地曾是麝资源相当丰富的地方。

30 多年前，我的高中同班同课桌胡姓的老同学，由于家庭出身、经历下放等等，30 多岁尚未成家。亲戚介绍了一位姑娘，商定尽早结婚。但姑娘远在格尔木，要调回合肥，谈何容易？记得老同学把我找去，我哪有什么好办法，只能帮他出点主意，请他去找谁谁。

临走时，那位姑娘打开一个小包，里面有十来个黄褐色的圆袋袋，说是麝香，一定要送我一个。我当然不能收。

姑娘说："格尔木这东西很多，价格也不贵，也容易买。带这些来就是为了打关子用的。"麝香的名贵，我还能不知道？但绝对不能收。她的举动，也突然使我想起《红楼梦》中，贾芸为了向凤姐讨个差事，只好向泼皮倪二借了银子，买了四两麝香、四两冰片孝敬凤姐……我心里更感到别扭。

曾几何时，在格尔木要见到麝，已是千难万险了。人类竟是如此贪婪，竟是如此以怨报德，给自然的生灵带来如此的厄运！

由格尔木盛产麝香，我突然想起，中国尚有一条香料之路，毫不逊色于丝绸之路。只是这条香料之路已落满了历史的尘埃，很少有人知道。

早在 2000 多年之前，作为香料和中药的麝香已传入显赫一时的古罗马帝国，得到贵族们的青睐。据考证，那条香料之路是由昌都、拉萨、阿里到西亚。而格尔木正是内地至昌都、拉萨的隘口。据说马可·波罗曾靠贩运麝香为其家族带来了巨额的财富。

历史学家、民族学家、地理学家常说，一条大河就是一个文化带，如长江的楚文化、黄河文化、淮河文化等等。大江大川是民族迁徙的走廊。

我常想，其实一条山脉更是一个文化带，是一条生物走廊。没有山，哪有川，哪有江？我们这次不就是由水源而寻找山源的吗？在野外考察的时间愈久，这种感觉也就愈强烈。

就说这条香料之路吧。喜马拉雅、巍巍昆仑都是自西向东，到了川藏边，突然与横断山脉相切，而其东到了新疆、甘肃、青海、四川，直向阿尔金山、祁连山、岷山、六盘山、秦岭、大别山透迄。这与麝的四个亚种分布区基本相应。

喜马拉雅麝，基本分布在西藏的东南和云贵高原；到了青海和甘肃、四川，则是马麝的天下；秦岭和大别山区，生活的是林麝和原麝。这就是麝香之路的生物走廊。地质学家已用秦岭、大别山所具有的昆仑山岩系，证明了它们是一脉相承。这也是激起我满腔热血走向帕米尔高原的动力。

动物香料比植物香料具有更大的优势，在四大动物香料中麝香为首，另有灵猫香、龙涎香、海狸香。

作为香料的麝香，素有“香王”之称。其不仅芳香高雅、幽深，且有特殊的定香功能：只要有它的点化，香味即能定型，长久不变。即使在化学工业发达的今天，数百美元一瓶的顶级香水，仍然离不了麝香，如法国的香奈尔5号。由此人造的和天然的香料其天壤之别可见一斑。

多年前，我在海南岛考察时，热带植物园的主人，曾送给我几个“香草之王”依兰香的初级制品，放了几年，拿出后依然清香幽幽。印象中，它似乎并不具备定香的功能。

可悲的正是麝香的名贵，为麝带来了厄运。

“刘老师……”

大杨压低声音在向我招手。那压抑中的喜悦，激得我一路小跑。

奇特路标

“你看这小树枝上。”大杨仍旧低声说。

是一根折断的树枝，上有异色，像是涂了一层蜡。这片小灌木和杂草较为稀疏。看这树显然不是小叶白蜡树。小叶白蜡树上生长一种蜡虫，蜡虫分泌物称为虫胶，是一种天然化工原料，在云南、广西、新疆都有分布。

我弯下腰想凑到上面闻闻，可旁边的枝枝条条挡着，很别扭，几次都不成。君早伸手就准备折断树枝，我眼疾手快地将他挡住：“别碰摸树枝！”

君早被呵斥得一头雾水。

我终于凑到了那树枝上，是的，确有一丝腥膻臭……

“不错，是它留下的。”我自言自语。

对于茫然的君早，我只好解释：

天下万物各有脾性，猎人常说“蛇有蛇路，鳖有鳖路”，指的就是要寻到猎获对象的活动规律。对善走喜奔的兽类，更是要了解它们的活动规律，这就是“路”的含义。

麝在平时独来独往，只有到秋季交配时，雌雄才聚到一起。雄麝的尾巴特殊，只在尾尖有一撮稀疏的毛，像扫帚一般。因为尾巴上分布了油线，分泌一种油状液体，很痒，需要经常在树枝上摩擦——就像老鼠的牙齿，长得快，需要经常啮啃物体，也就是挠痒痒——既解痒，又留下了标志物。

这种分泌物又膻又腥，凝固后成蜡状，叫作“油桩”。这种油桩既是它的路标，也是它圈领地的标志，更是向雌麝传达信息的网站。这也正是猎人要寻找的麝“路”。

我巡视了油桩的附近，终于发现了草地的另一端有一条断断续续的路影子。我指给

· 雌麝以自己的智慧、营造了温馨的家园

大杨看，他会意地点了点头。

他的点头，像是在我心里敲起小鼓。他对于麝的生活习性能了解得如此细微，这不能不让我产生疑虑：他是猎手？

我故意只对君早说："注意地下，看看有没有钢丝套。现在，偷猎者已使用先进的钢丝套了——一根细钢丝挽成环套，固定在地下——制作简单，成效显著，只要有蹄类的动物踏上套住，不论公母大小，越挣扎，套得越紧。他们常常一布就是几百几千，几天后再去收获，破坏性极大！"

"多虑了，刘老师。30 多年前，格尔木的香獐多，那时的麝香放在大街上摆摊卖。后来，麝香少了，价值逐渐高到与黄金同价，大批的人拥向林子，枪打、下套，真是无所不用，斩尽杀绝。任何一种动物也经不住这样的摧残！这不，你现在要想看到它，都要经过千难万险……那些贪得无厌的家伙，又专门去偷猎藏羚羊了！我们得抓紧时间，沿着这油桩向前搜索。"大杨滔滔不绝地说。

我的话是试探，没想到大杨的话在我心里搅起更大的波澜。1981 年，我在四川卧龙"五一"棚——研究大熊猫的高山营地，参加著名动物学家胡锦矗、美国的夏勒博士的考察队。

有一天，夏勒博士竟然捡到了四五只钢丝套，愤怒得脸都变了色。后来我才知道那是偷猎者布下捕捉麝的。那是我第一次知道这种套子对于野生动物是多么可怕。过去我也只晓得猎人的吊弓、地弓，那都是需要绝对的聪明才智才能布设的。没想到谁发明的这种钢丝套却如此简便、残酷，难道说技术的发达就是对自然更具破坏性？

大约是20世纪90年代初，安徽省负责自然保护的朋友告诉我，有几百个四川人进入了大别山区国家级天马自然保护区等地，布钢丝套捕麝，使安徽的麝资源遭到了毁灭性的打击。

但大杨说得坦坦然然，与不久前的心态起了极大的变化。这是为什么？

我们向那条兽径的路影子走去。只一小段距离，又是大杨发现了雄麝留下的油桩。

不久，我发现了两堆麝粪，每堆都有几十粒。我捧起一闻，麝香悠然，不禁神情一振。君早已抓了一把在手。

“你看，麝粪没哪个虫子敢惹，苍蝇都不叮。要不，屎壳郎早就把它推回家了。从粪粒的新鲜度看，是近一两天留下的，我们离它不远了。”我兴奋地说。

“它在那等你？”君早不信。

“舍命不舍山啊！”大杨说。

“没错。麝挑选了‘家’，安了‘家’，就非常恋‘家’，只在‘家’的附近活动、采食。和普氏原羚相似，它早晨出来猛吃一餐，再回到‘家’中休息，直到傍晚，再出来采食……”

“有几个临时住所，但‘家’只有一处。”大杨说。

“猎人正是根据它的这一生态特点来跟踪它。麝受了惊吓，两三天后还要回到这里。猎人就等候在油桩、粪堆形成的‘路’边。”

“猎人智商不低嘛！”君早说。

“他们都是猎杀野生动物的生态专家，也就特别可怕！我们在野外考察，既离不了他们，又最怕他们，他们是自然保护事业的可怕敌人！”我说。

在人类的早期，人也是野生动物，都是朋友。但人类是靠狩猎、采集成长壮大的，也是在不断扩大自己的需求中进行探索，使社会、科学等等得到了发展，直到无情的掠夺危及了人类本身的生存发展，才意识到需要保护自然。猎人形象意义的变化，在一定的程度上折射了人类认识的变化。其中有很多让人感到困惑和费解……

我看到了两个较为新鲜、清晰的蹄印，已基本判别左前方的那片山崖应该是它安“家”的首选地。我招呼了大杨和君早，分配了任务，尽量分散，以免人多气味重，然后直插林缘与草地的衔接部。

奇怪，麝的踪迹消失了。别说蹄印了，连一个粪粒也未见到。

麝怀绝技

再看大杨和君早那边，他们也都在低头察看，但似乎毫无收获。只是大杨较为沉着，似是胸有成竹。

君早动作的幅度加大了，急得大杨连连向他发出暗号，要他轻点，再轻点。

我突然想起儿时在沙滩上捉鳖。

傍晚，用秧锨将沙滩拖平。

夜里，提着灯在湖边沙滩上寻找鳖上岸产卵的足迹；终于发现了鳖的足迹，心在怦怦跳。

突然，鳖的爬行踪迹消失得干干净净！奇怪，也没有退回去的痕迹呀？难道它会飞，会上天入地？

在懊丧和焦急中，我狠狠踢了一脚撒气。哈哈！一只大鳖随着扬沙在空中跌了下来！这家伙真聪明，居然跳了一大截，钻到沙窝中去了！一点不错，让我提脚撒气的就是个微微鼓起的沙包包。

梅花鹿在被猎人追急时，也会强行涉水过河，消灭踪迹。

当然，麝的一次跳跃不可能有十几米、几十米远，这里没有小溪、小河。但它肯定是走了一条更为隐蔽的道路，或是尽量不留下可寻的踪迹。

太阳似乎加快了沉落的速度，大漠渐显昏黄，胡杨林里黄晕迷蒙，简直是橙色的世界，一切都是金黄赤橙的辉煌。

再去找麝的家，守株待兔的意义已不大。按它的生活习性，现在正是它出来觅食的时候，若是受到惊吓，肯定要挨饿。

我向大杨打了个手势，要他撤出，转向右边的草地。

离那片草地还有十多步时，我突然听到了几下异常的声音。我将手往下一按，要他们立即隐蔽，都伏到树根部。

我们将视野中的草地分片，眼睛都瞅疼了，还是什么都未发现。

难道是长时间的搜索产生的幻听？

我问大杨，大杨表示也听到了异样声。细细想来，那声音有些怪，不是与沙的摩擦，更不是风拂树枝的唰唰声，可一时又说不清是种什么声音……

大杨伸手去拿君早的照相机，见我看着他，又做了个手势。看我不明白，他才急着小声说："千万别拍照片！千万别惊动了它！"说完，用手指着在前方约20米的上空。

那里只有胡杨的树冠和露出的一块块蓝天。胡杨的长势与我们沿途见到的也无特别之处：淤沙堆积，造成多数树身俯仰低伏。我们在它的东边，阳光刺眼。

是发现了一只大鸟，还是……

大杨看到了我转过头去询问的眼神，说："那棵胡杨，左边有两棵直直的，右边有棵像三角形的，它向左边歪，右边有一根枯枝……树冠伸出杈枝的地方……"

啊！卵形的胡杨树叶中，露出了灰黄色的毛衣，隐隐约约一只动物的形象渐渐显出，似乎嘴唇的乳白色也露了出来……

唉！我怎么糊涂到忘了它具有特技？

是的，肯定是麝！

眼睛渐渐适应，我甚至看到了它露出的向后弯曲的獠牙，漆黑明亮、充满警惕的眼睛，高耸的肥硕的臀部。

是只雄麝。麝的四个亚种中，马麝体形最大。在逆光中，它的每根毫毛都熠熠发光。是的，它如一尊沐浴着夕阳的金色的精灵，大自然的骄子！

它抚慰了我的心灵，在遭到浩劫之后，它顽强地生存了下来，它使它的种族依然占据着大漠，是火炬，是种子！

“该不会是麝吧？它跑到树上干啥？不可能，它长了蹄子怎么可能上到树上呢？”

现在还不是向君早解释的时候，只是我肯定是麝，要他注意观察！刚才，他就是费了很大的周折，才看到隐藏在树上的麝！

我明白了，那异样的声音，是蹄子踩在树干上发出的；也明白了大杨拿走君早的照相机，不让拍照，是担心快门响声再次惊动它，会使它铤而走险，从树上跳下。麝非常胆小、警惕。

“太美了！谁去伤害它们，就是犯罪！”我激动地说。

尽管我非常留恋它，尽管失去了看它上树的机缘（是跳跃还是攀缘？）却非常想看到它是怎样下树的，但我还是……

“走吧，快点悄悄地走吧！”大杨近似哀求的声音，再次使我决心尽快地离开。

走了很长一段路，君早才舒了口气，又急于解开心中的疑团。

大杨说：“它会上树！”

“猫会飞吗？怎么可能呢？”君早不信。

“你不是亲眼看到了吗？听猎人说，它被狼追急了，猛地蹿到树上，狼急得在树下转。再弱小的动物，都有生存的本领，最强大的动物也有致命的弱点。”大杨说。

君早用惊奇的眼神盯着大杨。

“版权不是我的，是一本书上写的。”

“你知道是谁写的……”

我连忙打断他的话，说在听到异样声时，我确实忘了保护区的朋友说的，有蹄类的动物中，只有麝才具有这样的绝技；即便是在鹿科动物中，也只有它身怀上树的绝技。这是它在残酷的生存竞争中学会的。今天才算开了眼界。

尽管君早已想起了猫科动物中，老虎不会上树，猫和豹子却都有上树的本领，但他仍然摇晃着硕大的头颅，感叹、唏嘘……

大杨突然站住不走了。

我发现他又把我们领回了不久前发现“油桩”的草地。我再看他东张西望的神情，好像他仍在惦记着那只香獐。难道是……我在他脸上审视。

大杨说：“别急，我给转晕了，怎么又走回来了呢？”

其实，这时他内心的慌乱已在脸上挂不住了。

我赶快说：“君早，看看走的路对不对？怎么又转回来了？”

似乎直到这时，君早才从沉思中回到现实世界。他只对周围看了几眼，就一拍脑瓜：“不对,路走错了。怪我,只顾想心思。应该向左转,抓住那棵有三根枯枝戳天的胡杨走！”

大杨吃惊地说：“来时从这边走过呀。”

“再要那样走，就岔了，转圈子了。我们来时是无目的地乱窜。天快黑了。”君早说。

沙漠里的黄昏是真正的黄昏，黄得浓稠而黏糊，是一片弥漫着黄晕的世界，像是在金色迷幻中浮沉。

大杨还在犹犹豫豫中。

“听他的,没错。这家伙,自小对方向就非常敏感。你看,他的头大,像装了个定位器。今天没他，我也不敢深入沙漠的深处。”我对大杨说。

后来，我还真有些后怕，因为想起了南八仙的故事，想到八位地质勘探队员的遭遇……

我们终于走到来时的路上，君早很得意，我心里也踏实多了。

没想到正在惊奇的大杨，脸却往下一沉，语气严肃：“小刘，回去可不能跟格尔木人说在哪里哪里发现了香獐！”

没想到君早很强的方位感，引起了他的担忧。

“怎么？你想专享？”

“是呀，你也喜欢打猎呀？”轻率的话一出口，我就懊悔不迭。

没想到大杨不急不恼，坦坦然然：“该是我把故事告诉你们的时候了。”

麝啸

知青垦荒那段时间，没有书读。在这土地荒凉、文化荒凉的西部大漠中，我成了玩家，迷恋上了打猎。

一开始只是觉得好玩，年轻气盛，浑身力气无处使。每次打猎回来，经历了累、饿、危险，但释放了体内鼓胀的能量，多舒坦！

猎物有得是，黄羊、沙鸡、野雉、兔子、旱獭、沙狐……总是装满背篓。

后来，麝香的价钱比金子还要贵三四倍，不过在当时，卖不到这样。一只香囊大的有几十克重，小的也有三四克，但卖上个百儿八十的没问题。那时，一家人全靠老爸开车，一月工资也不过七八十元。有了这笔收入，我家的日子也好过了。我就专门学着打香獐，只是在回程时，兔子、黄羊撞到枪口上了，才顺手捡回。

刘老师肯定知道，猎人从来不轻易传授经验，要当个好猎手，也不容易。好在年轻，能吃苦，脑子又不太笨，日久天长，总算有了些头绪……那份苦，到今天想起来，都冒水。

麝香价格越高，打香獐的人越多，香獐越难打到。这是一个怪圈。因为我有些绝窍，收成还不错。再说，我比他们好在常常可以搭便车，地域广得多。

那年秋天，在大漠里，我跟上了一只雄麝。从油亮亮的粪粒和“油桩”浓烈的臭味看，是个大块头，香囊一定大。

我心里高兴极了，就像看到了一块闪闪发光的金子。

可这家伙难缠，留下了好几条“路”，我都给转晕了。

最后，总算是找到了它的“正路”。可刚拐过石崖，它就刺溜一声，猛地腾空，跳到几米外的山石上。我连枪都未来得及举，它已消失在乱石中……

就在它纵身跳起时，我看到它的脊背上有块白斑明晃晃的，像是胡杨的叶子。从此，这块大白斑就印在我脑子里了。

过了三四天后，我又去了。

我在半夜起身，想趁它出来吃草时动手。可等到9点多钟，我也未见到它的影子，急得只好去探探那天它躲藏的地方。我相信那是它的“家”，舍命不舍山嘛；就是受了惊吓，算起来该回来了。

我到了那儿一看，就知道上当了。它的这个“家”太寒碜了，只有一个浅浅的土坑，垫了一些干草，还有它落下的毛。显然这只是它的“别墅”。

香獐只有一个主窝，却有四五个临时居所；窝的多少，是由食源丰富与否决定的。

它们聪明，总是给自己找几块草地，轮流着吃，也好隐匿。像这个大家伙，最少有七八处“别墅”。

那天，我发现了它的踪迹，它也发现了我，有意将我引到这里……

我的犟脾气上来了，和它较上了劲。隔三差五，我就去那里转一趟。终于，我摸清了它的主窝——在一个很陡的山崖上。我从哪边摸上去，不被发现都是不可能的。

这一天，我在潜伏地，亲眼看到它只几个纵跳就下山了。是的，它背上的那块白斑清清楚楚，像是正午阳光下的一片胡杨叶子。

它到了草地，就钻进深草窠里，隐藏得严严实实。但我还是从草丛的动静，看到它东张西望，又凝神倾听，直到感到安全才开口进餐。通常情况下，我总是在獐子吃得津津有味时，才选择开枪的时机。可这家伙太精了，连一次哪怕是稍纵即逝的机会都不给我。

我想，你总得回家吧！

不错，它吃饱了，迅速离开了隐蔽地。

当它发现回家路口给人堵上了，一撒身子就往山上跳……我早料到了这一招，也为它设计了陷阱。

果然，经过几个回合的周旋，它终于跑到了一块伸出的山崖上，向前探视一眼，不跑了。

它只有片刻的惊慌，然后就威严地站立，回过头来看着我……

我心里那个乐，嘿，猴子不上树，多打三遍锣！你也有马失前蹄的时候啊！惊慌失措中，它跑到了那块致命的山崖上。告诉你吧，那是我为你选定的。

我并不急于放枪，就像钓鱼时，一条大鱼上钩了却并不急于将它提出水面一样，充分享受着沉甸甸的鱼竿不断颤动带来的快乐……

突然，从左旁岩丛中蹿出了一只野物。是谁在这时来瞎掺和？难道是它也看中了这只猎物？

等到我看清它也是一只香獐——一点不错，是只雌麝——它已闪电般地跳上了山崖，直向雄麝扑去。

正当我惊愣得大脑一片空白时，只见雄麝龇牙咧嘴，连连跺足，那神情显然是不准雌麝向前，且频频示意我的潜伏地。

可雌麝毫不理会，只是向它跑去。直到傍到了雄麝身边，它那双乌油油的眼睛，才毫无忌惮地注视着我的潜伏地，又似是在寻找我的眼睛。那意思是说：你开枪吧！

大漠一片寂静，没有风的拂动，没有鹰在高空环视的叫声，阳光几乎也消失了，只有一片空白……

雄麝用湿润的长舌在雌麝头上舐着，满含着温柔与感激。雌麝也用急剧起伏的胸膛在雄麝身上蹭着……只一会儿，雄麝陡然变神，粗暴地将雌麝推向一边，并低头用短剑般的獠牙威胁着，撵雌麝赶快离开。

雌麝左躲右闪，就是不走！

雄麝愤怒了，猛然将獠牙刺向雌麝的臀部。雌麝疼得一哆嗦，猝然跑起。

雄麝猛叫，随后就追，直到雌麝逃离在十多步开外，站在那里，悲伤而又茫然地注视着雄麝……

那是块断命崖，它平坦、斜斜地上翘，下面却是万丈深渊！

雄麝站在崖上，没有了惊慌和恐惧，高昂着头颅，浑身闪着金色的光芒，那白斑像野百合般耀眼。

雄麝深情地瞥了一眼雌麝，又狠狠地瞪了我一眼，慢慢地转过身子，向着高天，骤然昂首长啸，尖厉、高亢，震荡山谷，在大漠中回荡……

它提起后蹄，用蹄尖闪电般地轮番在肚子上掏挖。

天哪，那正是香囊的部位！

鲜红的血花在阳光下飞溅，红得耀眼的血肉掉了下来。

它没有痛苦地尖叫，只是无比愤怒、疯狂地用蹄子践踏、蹍搓掉下的香囊、血肉，又回头狠狠地剜了我一眼。

那眼神怒火熊熊，充满仇恨，无比犀利，直戳我的心窝。

还未等我回过神来，它已向前纵身一跳，在天空中留下一抹激愤的弧线……

英雄毁香投崖了！

雌麝长嘶。

大漠顿时悲怆。

我瘫倒在地，大汗淋漓……

回家后，我在床上躺了三天，整整三天三夜没有合眼。

我将心爱的猎枪砸了，砸得稀巴烂！

……

后来，我参加了野生动物保护协会。

今天，当在草地发现香獐的踪迹时，我很兴奋。我不想让你们去打扰它，就编了各种谎话。拉出陷到流沙中的刘老师，我对你们有了新的认识，心灵相通了……

在一份资料上，我看到了令人触目惊心的数字：要想获得一千克麝香，竟然要杀死200只香獐！

在过去的50年中，我国的中药生产每年需要500千克至2000千克的麝香，那就要猎取10万只至40万只的香獐！

根据可以搜集到的数据，我国麝香的产量有一年曾达到3000千克，也就是说有60万只的香獐遭到了杀害！

到了20世纪90年代，医药部门只收到一二十千克的麝香！这是仅仅有据可查的数字，实际的数字肯定比这大。

麝香体积很小，便于携带，走私猖狂。仅在2000年头五个月，日本就从中国走私了约700千克。据估计，最高年份要达到2000千克，杀死40多万只香獐！他们利用麝香制的中药，不仅高价售往各国，还向中国返销！

麝香给人类带来了福祉，可人类让香獐坠入了万劫不复的境地！你们肯定还要去可可西里，香獐和那里的藏羚羊一样，命运着实令人担忧！

香獐在野外的生存数量锐减，分布区大大缩小，成了极度濒危动物！就连我们这里，也很难见到香獐了！

我们虽然已经采取了一些保护措施，但是保护和利用的矛盾依然没有解决。

现在，人工取麝香的技术基本成熟。我正和朋友们商量，筹集资金，计划办个养麝场，它的种群没有灭绝，正在恢复。……

麝的生命之悲壮、顽强，犹如天上的太阳和月亮。

我们苦苦追踪这只麝，是那样渴望看到它，不就是希望看到劫后生命之花的重新绽放吗？

大漠的夜色中，腾起了篝火，那样红，那样亮，如初阳……

那是老谢焦急的呼唤！

一步天险
——测验灵魂的试卷

今日，高原无风。

莽莽昆仑，雪山银峰漫起了五彩云，蓝天溢满了祥瑞紫气。

人们驻足虔诚仰望，唤起无限神圣、纯净、敬畏。

昆仑山位于柴达木盆地南缘。

昆仑山是中华民族的龙山——飞龙磅礴，横空出世，浩荡2500余千米，宽30余千米，海拔在5500—6000米之间。它西自帕米尔高原，东接岷山，如脊骨挺立于中国大地。

穿过昆仑山的门户格尔木，我们走向祥瑞，走向神圣。

正在建设的青藏铁路格尔木枢纽站的铁轨，组成了奇特的图案。青藏公路在它的下方。从地图上看，我们应是沿着格尔木河的河岸或河谷在向前进发。

格尔木河发源于昆仑山北麓，有东西两支。西支叫昆仑河，又叫瑶池河，是传说中西王母大宴群仙的瑶池所在地。东支曲水河为正源。昆仑河向北流出了山口之后才称为格尔木河，流经格尔木市注入东达布逊湖。它是一条神话色彩浓郁的河流。

车快进山了，可是，我们怎么寻找，也不见格尔木河的踪影，心里好生奇怪。忠厚的老谢，几天来一直担任行程总指挥兼导演，对我的一连串疑问却不理不睬，只是目光狡黠地在我脸上扫来扫去。那意思好像是在说：难倒你这样的探险家了吧？这样简单幼稚的问题！不知道这是神山、仙山？

我只好揣着个闷葫芦。

过了隘口，路在雄伟的昆仑山中穿行。山势陡峭，青藏铁路，格尔木至拉萨的这段

· 盛夏 8 月的昆仑山，依然雪山银亮，冰川浩荡

已经修好，就在我们左边三四十米处。看着它一直奔向蓝天白云的深处，我的耳边立即响起韩红的《天路》：

那是一条神奇的天路，
把人间的温暖送到边疆，
从此山不再高，
路不再漫长，
各族儿女欢聚一堂。
黄昏我站在高高的山岗，
看那铁路修到我家乡，
一条条巨龙翻山越岭，
为雪域高原送来安康。
那是一条神奇的天路，
带我们走进人间天堂，
青稞酒、酥油茶会更加香甜，
幸福的歌声传遍四方……

她那如海潮般汹涌的激情，高亢、嘹亮、奔放的声韵，如旋风一般在我心头回荡，在莽莽昆仑上空盘绕。

只有她的歌声，才能表达出人们仰望高山的崇敬之情。

上午，只有南去的车，见不到一个人，见不到一棵树。忽然，前面有了建筑工地，有了人群的活动。

车戛然停下，正是建筑工地。

老谢说："下去看看吧，要不然你总是抱着个闷葫芦，我心里也不安。"

啊！我倒吸了一口冷气——深深的堑壑下，银亮的水花翻溅，急流汹涌，相对高差总在四五十米，河宽不过一二十米，让人目眩心悸。君早连连向后退了两步……

陡峭的河岸如刀削一般，向上游寻去，二三十米之后就藏进了大山；往下游看去，也只二三十米就不见了踪迹，只有水激浪涌的声音。它以柔韧之躯劈山斩石！

“是格尔木河？”我问。

“还能是别的河？”老谢反问道。

“高原的河流就是含蓄，深藏不露！”君早晃着硕大的头颅惊叹。

“胖子，如果让你给这里命名……”老谢说。

“一步天险！”君早答得脆嘣嘣的。

“嚯，行！就叫这名——刘氏一步天险。”

君早知道老谢在逗乐。

“你不信？这点权我还是有的。在山上，险峻窄隘之处，真的能大跨一步就过河了。别忘了，昆仑山是道家的道场。过去，来山中修炼的人首先要过这一关，也算是考验吧。若是心有恶念，就会掉到万丈深渊的河里，一命呜呼。若是一心向善，不存杂芜，一步就能跨过，入了山中，修炼成仙……其实，这地方就是著名的‘一步天险’胜地。胖子，眼界不低呀！正在建水电站呢！”

“到了昆仑山，我还能不沾点仙气？嘿嘿。”君早乐呵呵地说。

你看他得意的。

前方，山谷凌空一桥飞架，像一道彩虹连接两山。它是青藏铁路上著名的三岔河大桥，高度第一，54.1 米。可见它架设的难度，也难怪藏族同胞称其为天路。

神泉·地裂

彩云已幻化为一抹绛红，舒缓悠然地飘浮在头顶的蓝天中。山谷上空，迷漫起淡淡的紫色雾气。

车行 90 多千米，宽阔的山谷中出现了小镇，名为纳赤台。藏语中“纳赤台”意为沼泽中的台地，非常形象地表明了它的特征。

雪山银亮对峙，几条冰川耀目。雪山的融水在路左形成一片湿地，成群的牛羊在绿色的草甸上觅食。这片山谷享有盛名,在这里建镇,是因为这里有股不冻的清泉,号称“昆仑神泉”。

神泉之上已建起小亭，石栏井口清泉喷出，形如莲花；凛冽清凉扑面，沁入心田。虽然因井口较小，难以看清泉柱的全貌，但依其涌突之势，其直径当有四五十厘米。老谢说每秒有 224.7 升的泉水涌出。

老谢用茶杯取水,我们都抢着先喝为快。可他将杯高举:“慢,别急,我有竞猜的题目,谁答得对，这就是奖品。”

真有他的，是人不可貌相，还是因到了大自然，童真骤发？他在格尔木还是个不小的领导干部，现在哪里还能找到他在办公室给我们的印象！

在这 8 月的盛夏，平时君早喝的水就比我们多，又面对如此的名泉，可想他的渴望。

他刚要张口，老谢却说：“在这海拔 4000 多米的高原，终年不冻，四季喷涌，只是此泉神奇之一。这条已明示了，不算。它最少还有其二、其三。”

“这有何难？”君早学着老谢的腔调，“其实你已说了其二的一半，即在这昆仑山上，冬季气温常在零下二三十度，极端气温可能降到零下四五十度，雪山当然没有融水，连河流都冻得坚如磐石，那么这泉水是从哪里来的，还照常喷涌？神也！谢老师，这口水我喝定了！”

人高马大的君早，伸手就去抢杯子。老谢只是中等身材，急得踮起脚，欲向上蹿：“犯规了，犯规了，还有其三。赶快！当然，这条能答出来也算你小子不简单……上阵还靠父子兵嘛，老刘快出场！”

我仍笑而不答，故作了然于胸状。君早只是眨巴着眼，冥思苦想，又一脸的无奈。

“胖子，其实，你已经说到边边上了。再想想，这水究竟是从哪里来的？”老谢提示君早。

“还能真是王母娘娘瑶池的琼浆玉液？”

他的揶揄，却得到了老谢的赞赏，老谢把杯子递了去。

满脸茫然的君早一反常态：“你糊弄人，那是神话，是传说，不算不算！”

“听我慢慢道来。”老谢又恢复了忠厚，“据科研人员说，这泉水在地层已迂回曲折地走了几千里的路，最少经历了几十年、几百年、几千年，才寻找到这个通向人间的出口。难道不是神仙的瑶池贮藏？否则，在冬季地表怎么可能有水补给？”

“有人研究这泉水的来历？”我也萌生了好奇。

“还能无中生有？要不怎么叫神泉呢！”老谢一本正经地说。

红帽背包客悠然浮现出我的脑海。我想起他在盐湖说的那块其大无比的隔离板块——将地层深处的淡水湖与其上的盐湖隔开，保存着各自的纯洁。难道这神泉也是由雪山冰水在漫长的岁月中，涓涓汇聚，成为地下湖，再喷涌而出、四季不绝？

“老爸，不好意思，总想给你多留一点，可肚子就是不争气，像有架抽水泵……爽，真爽！”

我接过杯子，水只剩一个底子。我慢慢地吮了一口，甘洌浸遍五脏六腑，通体舒泰。

老谢说：“经化验，此为优良的矿泉水，属重碳酸化物钙镁钠型水，含有对人体有益的多种微量元素。你们看，那边就是矿泉水厂。”

君早已将车上带的矿泉水都拧开倒了，用来装从泉口取的水。

老谢连忙说："胖小子，你倒掉的就是这个厂生产的水！"

君早不理不睬，只顾装水。

我突然灵机一动，大步走向车子，取出水瓶，将热水倒掉，再装上昆仑神泉……

不知什么时候，天已变色，漫布起灰灰的云，收敛了灿烂的阳光。我后悔没有拍雪山冰川的照片。

老谢说："赶快拍吧，说不定回来时下雨下雪呢！高原气候多变，说变就变！"

我只好将就着拍了几张。后来，我异常感谢老谢的忠告。

到达玉珠峰时，云缝中竟然洒下了阳光；尽管那阳光失去了阳刚，显得柔顺，但海拔 6178 米的主峰还是异常雄伟——冰川浩荡，如登天银梯，探视着云端。神话中，玉珠峰是玉皇大帝妹妹玉珠的宫殿。

山脚卧着几顶蓝色和红色的帐篷，是登山营地。玉珠峰虽然伟岸，但山势较为平缓，是开展大众登山的理想场所。每年都有来自全国的登山爱好者齐集这里，与雪山约会，用魄力和意志表达对大山的崇敬。

与玉珠峰遥遥相望的是她的姐妹峰玉虚峰，玉虚峰云遮雾罩，更显其神秘。

车刚拐过一个山弯，就停下了。老谢说此地不可不看。

这是一处普通的山间谷地，草长得稀疏矮小；山体只是比别处显得有些零乱，大石散漫其间，石色浅褐，不像我们在大柴旦去温泉路上见到的黑石，细细看去排列有其规律。这里一点秩序也没有，更未见到特殊的景观。

老谢刚要开口，我说："你不是还要用启发式吧？"

我的话噎得他只好耸耸肩。

我发现山脚有条地沟，总有两米多宽，蜿蜒到很远，很引人注目。

是战壕？谁到号称"生命禁区"的地方打仗？

水渠？不，在这高山，在这荒凉的深山根本没有耕地。再说，这地沟也毫无人工开凿的痕迹……

“别下去！千万不能下去！你知道下面有多深？真是个又愣又憨的傻胖子！”老谢说。

原来君早沿着地沟察看，正想跳下去……

老谢变了调的喊声，惊得我一个激灵：“是大地震留下的地裂？”

“谁还能有这样大的威力？这条地裂有30多千米长，到现在还张着大嘴，是2001年8.1级大地震的杰作。目击者说，当时，河里的大石飞了起来，水如喷泉狂蹿，泥浆迸射；山上的岩石飞了起来，如飞蝗乱舞；山摇地动，响声隆隆，天翻地覆……”

君早惊愣得站在那里。

我怎么忘了青藏高原是最年轻的高原，是印度板块与欧亚板块冲撞的产物？但即使我没有忘记，眼前的地裂还是摄人心魄！

我想起2000年去云南的虎跳峡。虎跳峡在玉龙雪山和哈巴雪山之间，是长江上游最为险绝之地，落差大，水吼雷鸣。我们站在玉龙雪山上，看到对面的哈巴雪山显出巨大新痕的山体，很奇怪。

保护区的朋友说，那是1996年大地震时，山岩崩塌留下的。那崩下的山体落入长江，江水随即断流，高峡出平湖；没一会儿，下游江底就露出了。落差几十米的虎跳峡激流用了40分钟，才将乱石冲开一条窄路。

今年，全部水道才被打开！用了四年时间啊！

突兀的巨石、成堆的乱石虽然被激流推到了岸边，但仍触目惊心！大自然就是这样活动着自己的身躯！

长江源头的格拉丹东，就在我们正行进的这片大山的南端。黄河的源头，在大山的北面。

云在变幻着，镶着绛色的云，像一条条长巾，在灰色的、白色的云中穿过、渲染；飘过玉虚峰，又反转缠绕，紫气漫溢。玉虚峰总是只显现出身姿的一部分，而将最为瑰丽的面容隐藏在云霓之中。我只能从依稀可见处展开想象的翅膀，仰视雪山冰川的雄伟、晶莹，开着鲜花、俏丽而妩媚的高山草甸……

“玉虚峰相传为玉皇大帝之妹——玉虚神女争来的宫殿。玉皇大帝在昆仑山修建了华丽的宫殿。妹妹玉虚认为哥哥霸占的地方太多，据理力争，玉皇大帝只好将玉虚峰让给了妹妹。原来天神也有不平之事。

“昆仑山是道教中神仙居住的地方。玉虚峰成了道教昆仑派的道场。道教以尊奉《周易》《道德经》等等哲学、张扬人与自然的和谐受到世界的瞩目。每年都有道教的信徒来此朝拜，更有人进山修炼。姜子牙曾在这里修炼四十载，得道后辅助周天子平天下……”

老谢兴致勃勃地还要解说下去，君早来劲了：“姜子牙，嘿！安徽老乡，他是阜阳人。老乡见老乡，心里喜得慌。”

老谢笑了：“真的，道教与你们的关系还真是血脉相通呢！被尊崇为教主的老子，是安徽的涡阳人；庄子是安徽的蒙城人；还有胖子刘也是安徽人……”

大家都被说得哈哈大笑！在这样的长途跋涉中，在这昆仑山腹中行走，在这神仙居住的地方，大概都沾了点仙气。神仙不就是没有烦恼，没有辛苦，快乐无比吗？

一声嘹亮的鸣啸，激得我心头一震。我抬起头，只见一只金雕展着宽阔的长翼在高空翱翔，驾着气流滑行，翅羽在拂动，那种悠然自得、潇洒驰骋的神韵，真是仙风道骨。它突然出现在我们的行程中，也是行程中出现的唯一的天空中的朋友……

老谢说："胖子，它是玉虚神女的信使，是来邀请你的。"

"唉！可惜我太胖了，它驮不动……看，我现在就很好！在世界屋脊，在离天最近的地方，两旁雪山肃立，是欢迎我们的迎宾大道，世界上最雄伟壮丽的迎宾大道！哪个国家元首能受到这样隆重的欢迎？因为我们热爱自然，敬畏自然！"

老谢为他鼓掌。

阳光突然普照，高空露出了大块的蓝天，霞雾红云蒸腾……恍惚中我似乎不知所在，只有玉虚峰上红云霞雾的蒸腾……

一座高高耸立的石碑，在太阳下闪闪发光，上书"昆仑山口"四个大字。

站在这个著名的山隘放眼看去，群山竞比，玉龙飞腾，你会感到昆仑山不再是静静地屹立，而是充满了灵动、飞扬的神采。那磅礴的气势，那巍巍然的雄伟，浩荡天地……

目力所及处，雪山上冰丘、冰锥林立。

银亮的冰丘突兀嶙峋，高者数米或十多米，很似丘陵起伏。

老谢说："现在正是冰雪消融的时候，其下流水涓涓。有支考察队曾揭开了冰盖，突然一股喷泉冲天而起，真是天下奇观。

"冰锥更奇妙，别看它晶莹绝峭，高不过八九米，但它不断爆裂，不断生长。爆裂时，喷起的泥浆如柱，高达二三十米，响声如雷，有时还能引起雪崩。"

"我们能看到？"君早问得很急切。

"那要看你们的运气了！"

地质学家说，这儿属冻土荒漠地貌，由古代强烈侵蚀的复杂变质岩所构成。

一阵嗡嗡声，使我们发现了一只蜜蜂，真是惊喜。

它一会儿在这朵花上停停，一会儿又钻进那朵花的花蕊。

由它的指引，我们看到了开放着艳丽花朵的点地梅、翠绿的虎爪耳草、一丛丛金灿

· 昆仑山口

灿的马先蒿花、淡紫色的长满茸毛的绿绒蒿、乳色的马奶子花、紫红的野葱花、大拟鼻花……它们将草甸渲染成华丽的篇章，簇拥着巍然的石碑。

主碑、副碑、陪碑、底座全由昆仑花岗岩雕成。山口海拔 4767 米，主碑取其千分之一，高 4.767 米；底座 9.6 米，象征着 960 万平方千米的中华大地。高碑无语，却蕴藏着最丰富的内涵。

昆仑山在中国人的心目中，最为神圣，是中华民族的象征。

昆仑，创世传说的根基

昆仑山是神话的故乡，是中华民族文化的源泉。有人将中国的神话分为两大支：昆仑系、蓬莱系。其实，蓬莱系的铁拐李等八仙与道教又有着千丝万缕的关系，而昆仑山是道教信奉的道场，是仙境。

“后羿射日”“嫦娥奔月”“精卫填海”“大禹治水”……这些中国人如数家珍的神话都源自昆仑山。主神是西王母，她居住在昆仑山。有人说，神话是高山大海中出现的一些奇异自然现象，如云雾迷离、海市蜃楼，使先人们感到迷惑、神秘，当作了人间的另一世界，于是产生了神话。

其实，自然界的奇异景象，只是为神话提供了故事的背景，其主角还是神。这个神是“人”的神化。

正如昆仑神话所表达的，还是大自然和人的关系。如后羿射日、大禹治水是两个典型的例证。

后羿射日的故事，是说天上有十个太阳，烤得大地焦糊，河流干涸，人们无法生活。英雄后羿挽弓发箭，射落了九个太阳，从此四时八节寒暑相宜。

大禹治水的故事，是说漫天洪水，民不聊生。英雄大禹开山辟崖，导水于大海，使人民安居乐业。

无论是后羿还是大禹，都是为了生态的平衡，人和自然的和谐。人类原本属于自然，自然孕育了人类，为人类提供了生活的舞台，为一切生命的故乡。这种朴素的生态观、追求人与自然和谐的思想，是中华民族文化中最富浪漫的关于人和自然的篇章，在世界文明史中犹如璀璨的明星。

世界上每个民族都有创世的传说，用最为丰富的想象力、美丽的故事，生动地讲述着生命、宇宙的起源，回答着千古以来的命题，形成凝结民族的力量，铸造民族的精神。

中国的创世传说——盘古开天辟地，家喻户晓。

相传无天无地之时，宇宙混混沌沌，犹如一个大鸡蛋。其中有位大神，名叫盘古。他在蛋中沉睡了一万八千年之后，醒了。就在他醒来的刹那间，开辟了天地：清浊两气分离，阳清之气蒸腾，升华为天；阴浊之气沉落为地。盘古日高一丈，天随之日高一丈，地随之日厚一丈。又经历了一万八千年，随着盘古增长，天地之间已相距九万里。

最奇妙的是，盘古死后，他的气化为风和云，声音化为雷霆，左眼化为太阳，右眼化为月亮，四肢化成四极，五体化为五岳，筋脉为地理，血液成江河，肌肉为田土，发丝为星辰，皮毛为草木，齿骨为金石，精髓为珠子，汗流为雨泽，身上的各种小虫，被风那么轻轻一吹就变作了人类。

这个美丽的故事，将人与自然、天地万物统统融于盘古一身；或者说，人与自然、天地万物都来源于盘古一身，宣示着人与自然原本是血肉相连的整体，所有的生命也都来源于一个整体。人也只不过是这个神圣整体中飞出的“小虫”，没有任何理由妄自尊大，随心所欲。换一种说法，如果人缺少了四肢或是一根发丝，那就伤残了盘古的整体！

中华民族的创世之说，以无比深刻的哲理、智慧，在世界独树一帜！

这在今天，不禁使我们想起了现代宇宙学说中的某些观点。科学家们曾为宇宙究竟是诞生于200亿年前还是100亿年前热烈争论，最后趋于137亿年前。宇宙起源于大爆炸也可算是公论，说是有个“奇点”——一个悬浮在漆黑无边的虚空中的孕点。这个“奇点”没有方向，没有时间，没有距离。在某一时刻它突然爆炸了，但这个爆炸是在极短的时间内完成的。短到什么程度？据科学家的演算得出的结论是一千亿亿亿亿分之一秒。如果来个“牵强附会”的话，它是否有点像是盘古醒来开天辟地的刹那间？但就在这一千亿亿亿亿分之一秒中，奇点有了无法想象的空间。在不到一分钟，宇宙的直径已有

31 600 亿千米。三分钟以后，98% 目前存在的或将会存在的物质都产生了。

老子认为万物来自道，道生一，一生二，二生三。关于这个看不见、摸不着却又存在的“道”，让我们也来一下“牵强附会”，是否又很有些像是“奇点”？

南极、北极的极点，不也是没有方向、没有距离、没有时间的吗？

但是，数千年之后，祖先的子孙们由于贪婪，为了物质的享受，忘却了祖先的训诫，无情地向大自然索取，在盘古的身上拔齿挖肉……

另有故事，说盘古死后升天成为玉皇大帝，令其女（或孙女）西王母为主管昆仑山的神。在我们从青海湖到德令哈途中堵车处的关角垭口，即是她的诞生地。其诞辰日是每年农历的七月十八，每年的八月初八，各路神仙都齐集瑶池，举行盛大的蟠桃会为其祝寿。

这个瑶池，据老谢说就在不远处的野牛沟，昆仑河源头的黑海。野牛沟至今还留存有古人的崖画。

在《山海经》中，西王母还是“戴胜，虎齿，有豹尾，穴处”的半人半兽的形象。请记住，神话中的“兽”是有灵性的。上古时期，很多部落和民族都是以动物作为图腾的，它们是与人有着同样的甚至还要高的尊严。

无论是从地质学还是历史或神话的角度，我们都有理由认为当年的昆仑山定然是奇花异草、佳木珍禽繁荣，湖光山色极美，生气勃勃，生态良好的人间天堂，也即道家所追求的“仙境”。如果不是这样，西王母哪来蟠桃，哪来盛宴？

老子的《道德经》、作为“五经”之首的《易经》，是中华民族的文化瑰宝，其深刻的思想内涵，至今仍是世界上的热门话题，是研究的对象。如德国数学家莱布尼茨曾用《易经》八卦原理，发明了二进位制，从而才有了电脑时代。

古人的宇宙观，天、地、人浑然一体，天人合一的和谐，动态的生态平衡，充分展示了中华民族文化的光辉灿烂，从一定的意义上说，是人类发展的指路明灯。

这在后工业化所引发的环境危机的世界，更有其重大的意义。世界上愈来愈多的学者，希冀从其中找到拯救环境危机四伏的当今世界的济世良方。我坚定地认为：只有建立生态道德，人们有了生态道德的修养，以其自律，才有可能达到生态文明。

道教奉老子为教主，奉《道德经》为经典，继承了中华民族的优秀遗产，主张天人合一，人与自然的和谐。道教讲究修炼，目的是得道成仙。

何为“仙”？说得简单一点，长生不老、自由快乐的人为仙。《说文解字》中将“仙”解为“仚”，人在山中即为仙，或山上的人即为仙。

如何修炼成仙？一是炼丹、服丹，一是在自然中。何为“仙境”？从道教著作中对仙境的描述不难看出，所谓仙境即是生态良好之地，鸟语花香，林木茂盛，人们心地善良，一切生命平等，人与动物和谐相处……总之，是集人间美好之大成吧！没有“仙境”，人不在“仙境”中修炼，那是不可能成“仙”的。

莽莽昆仑，雄伟壮丽，成了中华民族的创世传说的根基。她的遥远，山川的阻隔（除了青藏铁路的两旁，绝大部分至今还是人迹罕至），无限的神秘，使其成了神话的故乡。她因原始的生态，成了道家修炼天人合一的道场……

在今天，昆仑山口的石碑更有着新意——生态道德，警示着人们继承民族的优良传统，热爱自然，保护自然，保护我们的家园，天人合一。

我的思绪很自然地转到玉皇大帝将七彩藏宝图失落在昆仑山的传说，可如果只有七彩宝藏，而无七彩的人生，宝藏还有何意义？

山口的南侧，还屹立着一座石碑，是为藏族人民优秀的儿子杰桑·索南达杰建立的纪念碑。飘扬的彩色经幡犹如花环，寄托着人们对这位为保护可可西里的野生动物世界而捐躯的勇士的思念。

过了山口，就是可可西里自然保护区了。

杰桑·索南达杰永远屹立在可可西里的大门，守望着身后无尽的草地、山原以及原始的自然生态和野生动物的王国。

共栖互助

昆仑山腹的谷地愈来愈宽阔了，虽然两侧银白的雪山相看不厌，但平展的高山草甸、绵延的青藏铁路，常常使我们忘记正行进在海拔 4000 多米的高原。

“老爸，快看！停车，看那边……”君早突然叫了起来。

张师傅是位“老高原”，在青藏线上跑了二三十年，君早的惊叫让他停了车。

我们没有看到什么奇异的事。

君早更急了：“右边大约 50 米的草地，旁边有一水凼。2 点钟方向，有个小土堆，东边有个洞，注意洞口……”

“你不会把旱獭当狐狸吧？”老谢说。

“哪能呢？看呀！”

虽然还有着一段距离，但我还是找到了他说的那个洞口。土堆是黑色的，已报出了它的主人的身份。再说，洞口并不大，不可能是旱獭或狐狸的洞穴。即使是旱獭，它也会立起前半身，瞪着乌黑的眼睛，好奇地瞅着你，滑稽又可爱，根本不会立即钻进洞中。

大自然中千奇百怪的景象，使我没有立即说出它的主人，也想看看那洞里究竟隐藏了什么奥妙。

虽然是 8 月盛暑，高原的风还是凉飕飕的，张师傅有些焦躁。就在老谢也是满脸狐疑时，洞口出现了一个黄褐色的小脑袋，接着蹿出了一只小兽，站在洞口，向这边眺望。

“你这个胖子，真是大惊小怪，不就是老鼠吗？只是面相古怪，像是兔子，叫鼠兔，是高原草地常见的。值得这样大惊小怪？”

“老鼠我能认不出？这地方有会飞的老鼠吗，就是那种叫鼯鼠的？”君早问。

“没有，在这样高海拔的冰天雪地中怎么可能！”老谢不容置疑地说。

君早迈开大步向那边走去，那鼠兔立即缩回洞中。不一会儿，它又钻出来，两只后腿立起，直着身子盯着接近的君早，看他没有停步的意思，便吱吱地叫起来。不远处，居然也有了动静。它在向同伴报警。

就在它又缩回洞中，我正想喊住君早时，突然一只动物蹿了出来，展翅飞起，翅上的一块红斑像一道彩霞——是只小鸟！

这个“包袱”抖得精彩极了！

“嗬，我只听说高原上鸟鼠同穴，今天才亲眼见到！胖子，给你记一功！”老谢说。

“你是在说童话吧？上小学时，老爸的朋友送了一只画眉给我，每天早上，它一亮嗓子我就起床。婉转嘹亮的鸣唱，到现在还时常响在我耳边。有天夜里，它被钻进笼子的老鼠吃了，我还哭了好几次呢！刚才就是看到有东西飞进洞，我才感到奇怪的。”

“老鼠捕鸟我也见过。但这是高原，高原上特殊的生存环境，往往有特殊的状况。你们内地发洪水是因为连天的暴雨吧？高原上发洪水是连续几个大晴天闹的——雪山融雪的速度快了。”

我示意仍然倔头犟脑的君早注意那鸟。它并未远去，只是在洞的上空盘旋，鲜艳的红斑画着圈子，盘旋的直径一会儿加大，一会儿缩小。

直到君早退回到车边，它才呷呷地叫了两声，鼠兔立即从洞中钻了出来。

“它是在帮着巡逻、侦察？”君早问。

“像是。”老谢说。

“在这苦寒的高原，别说没有大树，连灌丛也没有。昼夜温差又极大，鸟儿到哪里栖身？鼠兔居住在地下，只能靠小鸟空中侦察，取得情报。这倒像战争中步兵和空军的关系。哈哈，它们是互惠，时髦话叫‘双赢’！这是在特殊生态环境中形成的。谁说动物没有灵气？”君早激动地说。

“孺子可教，孺子可教！你还没说鸟还帮老鼠捉身上的跳蚤呢！”张师傅早已下车，兴致勃勃地凑到了我们的身边。

其实，我数次到青藏高原，也是第一次见到动物行为学家所说的鸟鼠同穴。动物间的互惠，动植物之间的共生，颇有哲学的意蕴。我在西双版纳的热带雨林中看到一种很小的黄色肉食性的蚂蚁，大树为它提供了居所，它为大树消灭害虫。很多植物为了繁衍后代，想方设法用自己果实的芳香和甜美，引诱动物；动物们在大快朵颐之后，实际上承担了农夫播种的任务……生命之间互惠的关系，在对立的生存竞争中，营造了和谐与繁荣。

鼠兔主要在地下打洞，啮食草根；推顶出来的泥土，成了寸草不生的黑土堆。鸟的主食是昆虫，或植物的种子，它们没有食物之争。

那只小鸟结束了巡逻，落在洞口附近，只是随意地啄食了几口。

天色突然变了，雪山那边的云向谷地的上空倾泻。没一会儿，光线暗淡下来。张师傅催促我们上车。

一阵冰豆击来，响起噼噼啪啪声。

“小鸟该进洞了。”君早喃喃低语。

雪花已经漫天飞舞，雪片真大、真白。张师傅立即打开车灯，启动雨刮器。

气候的急速变化，引得第一次到高原的君早滔滔不绝：“昆仑山口观看六月飞雪，是颇有吸引力的旅游项目。盛暑我们在雪中行车，也应是一景吧！真该拍张照片。”

富有高原行车经验的张师傅没有满足他的好奇心，因为今天的考察任务是异常紧张的。很多的事可遇而不可求。谁知道这雪还要下多久？藏羚羊、野驴、野牦牛是不会在那里等我们的。

可可西里在蒙古语中意为“美丽的少女”，也有人将其译为“青色的山梁”，表明了蒙古族的兄弟曾生活在这一区域。

可可西里国家级自然保护区的范围，西至青海与西藏的边界，北至昆仑山脉的博卡雷克塔格山，东为青藏公路，南接唐古拉山，面积4.5万平方千米，平均海拔4000米以上。

其实，可可西里的地域要比这广袤得多。从地图上可可西里山的位置就可看得很清楚，它一直延伸到藏北高原，野生动物王国更包括了阿尔金山。这一地域，也是世界上海拔最高的野生动物王国，原始生态区。有哺乳动物31种，属国家一级保护的有藏羚羊、野驴、野牦牛、雪豹等等；高等植物210种，其中84种为高原特有种；鸟类53种。其特点除了高原性之外，再就是野生动物种群多、数量大、特有品种多。

可可西里雪山连绵，仅保护区内，冰川面积就达1800平方千米。雪山冰川的融水造就了星罗棋布的湖泊、纵横交错的河流。1平方千米以上的湖泊有107个，200平方千米的湖泊有7个，湖泊总面积达3800平方千米。青藏高原被称为我国的水塔，她的生态保护与长江、黄河有着血肉相连的关系。

正像青海湖一样，引起世人注目的，并不是因为她是中国第一大湖，以及她的蓝色的美韵，而是湖边面积只有0.27平方千米的鸟岛；可可西里首先引起世人注目的，并非因为她有少女般的美丽，青色山梁的雄伟，而是野生动物王国中的精灵——藏羚羊！

人们总是首先关注着生命。高原生命的很多奥妙，极具科学价值。比如说空气中的含氧量只有海平面的百分之三四十。由于缺氧，人们在这一区域活动，往往感到呼吸困难，头痛欲裂，恶心，这里甚至被称为“生命的禁区”。但高原动物经过漫长的进化，不仅适应了苦寒少氧的气候，而且把这一地域营造成了乐园。就说藏羚羊吧，它奔跑的速度可达到每小时七八十千米！野牦牛的体重更是可达五六百千克！它们是如何抗缺氧的呢？

对植物来说也是如此，科学家已从一种生活在高原的红景天中发现了一些奥妙，用它制成了抗缺氧的药物。在西宁时，朋友就送了我们几盒。

但是，藏羚羊引起世人注目的，是其悲惨的命运以及其生存状况。它和麝的命运有着很多相似之处。麝是因为具有宝贵的香囊，而为人们所关注；藏羚羊是因其绒毛具有极强的保暖性、轻盈柔美，得到了西方贵妇人的青睐。一条重只有三四百克的披巾或围巾，

· 高山植物红景天

价值高达数万美元。

于是犯罪分子开始了武装盗猎，利用现代装备，一次就屠杀成百上千只藏羚羊，惨不忍睹。由于地域的广阔，又基本上是无人区，保护工作尤为艰难。几年下来，盗猎致使藏羚羊的种群数锐减。人们以焦急忧虑的心情注视着反盗猎的进展，采取了各种援助的措施。实际上，这是一场尊重生命、生态道德的启蒙。

因为受到装备的限制，我们只能沿着青藏公路进入可可西里，实际上就是沿着它的东界行进。青藏铁路的这一段已铺好了轨，灰色的路基伸向远方。

雪还在飘舞着，草滩斑白，植物较为低矮。虽只是 8 月，但有的植物已经枯黄，在雪地中很显眼。水沼星星点点，小溪断断续续。

前方，出现了一排高高的金属圆柱，在这昆仑腹地的莽莽荒原上，非常夺目。难道要在这里兴建大型建筑，或是大的宾馆前的旗杆？不像，旗杆没有这样粗。我目测它的直径应在三四十厘米。再说，这里怎么可能有大型建筑呢？正在猜测之间，老谢已让车停下。

雪已小了。君早第一个跳下车，他当然看到了老谢期盼提问的神色，可他只是打量着金属圆柱，又看看地面，用手抚摩着，还用力摇了摇……

我突然想起那年从新疆库尔勒到巴音布鲁克的路上，在一达坂转弯处，突兀矗立起十几根水泥柱子，高十多米，张起黑色的尼龙网，网眼不大。朋友老梁要我们回答它是做什么用的。那时，正是偷猎猎隼的高峰期。它很像捕鸟网，但显然不是做捕鸟用的，其一是它的造价不菲，再是谁敢为此明目张胆！我百思不得其解……

老梁得意地揭开了谜底：防雪墙。这里冬季大雪，达坂上更是厚雪阻塞了道路，推雪机又不能及时赶来，交通就断了。防雪专家终于利用空气动力学的原理，研究出这个非常简单、智慧的办法——黑网改变了雪花飘落的方向，离开了公路，保障了交通畅通。

这些金属圆柱的作用，究竟是什么呢？这一段总有十几根，离路基近，有的地段还排列在路的两旁，还是金属制品，飞舞的雪花落到上面就融为水了……突然，一个念头

· 这些金属圆柱就是冻土带的散热器

如电光石火般在我脑海中闪现。

我瞅了君早一眼，等他注意力转向我，然后使劲跺了跺金属圆柱下的土地。

他还是有些茫然，我只好说："这里是冻土带……"

"是散热器？冻土层的空调？防止夏季气温高、冻土层解冻翻浆？保护路基！"

"谁说一胖就傻？对了。用它把地下升高的温度散发到地面，使冻土不融，算是一大发明吧！青藏铁路是世界上海拔最高、最长、施工难度最大的建设项目，冻土带出了很多难题。这金属柱子可不便宜啊，听说一根就是一万元！"老谢说。

司机师傅向我们示意，右侧远处山谷中有一大一小两个棕色的点子，正在雪地里慢慢地移动。

藏羚羊带着孩子回迁

君早连忙去取望远镜。

老谢说："那肯定是棕熊妈妈正领着孩子散步。"

"真肥。屁股都长圆了，比我还肥。我还是第一次在野外见到这家伙，晚上就打电话告诉我儿子。怎么还没看到藏羚羊？"君早问。

老谢说："别急，到时你别手忙脚乱就好了。这个动物王国里还有野驴、雪豹、野牦牛，都是顶级的珍贵稀有动物。野驴会排队和你耍！"

到达格尔木后，我曾去拜访了可可西里自然保护区管理局。真是不巧，又和才嘎局长失之交臂。在西宁，朋友安排了一次聚会，他刚进门，就被人拉走了。仅一眼，这位康巴汉子坚毅的面孔已留给我很深的印象。小刘接待了我们，他介绍了很多情况，说："你们来巧了，8 月中旬正是产崽的藏羚羊回迁的时候，在路标 2988 千米至 2998 千米处很容易看到。大前天，我就观察到了 1000 多只……"

这时，来了一批从全国各地赶来参加保护区巡护的志愿者，刚下火车。小刘要去安排。

今年安徽省也有一批志愿者要来，我想去看看到了没有。

雪停了，空旷的山间平地安详、平和，群山静静地屹立着。我只是注意着路标上的千米数。

又下起了小雨。正当我目光迷离时，突然听到张师傅说："左边，左边！"接着是刹车声。

啊！五六只黄褐色的羊，正在 30 米开外的洼地中吃草，两只小羊在嬉闹，一会儿用头顶，一会儿相互追逐。

“藏羚羊！”君早大叫。

我们不敢靠近，也顾不得风吹雨打，只是注视着这群高原精灵：雨中，它们的毛衣泛着红色，体长大约120厘米，肩高约80厘米；头宽大，母羊头上没有叉角；上唇宽厚黝黑，这种黝黑占了整个眼下的三角区；黑鼻头鼓胀，有些像蒜头，但鼻孔几乎垂直向下，鼻端披毛，这是适应奔跑进化的产物；两只眼睛乌黑晶亮，特别有神——这一切，使它们显得具有一种高原特色的美艳！

显然，是母亲带着孩子从产崽地北方回迁，已越过了青藏公路，正等待着越过青藏铁路回到南方。铁路在南边六七十米处。那里的路基已留有一排桥洞，是专门留给藏羚羊的通道。

我们反复搜索了附近，确定再没有其他羊群后，心立即揪了起来——五只母羊只带了两只崽。按理说，少了三只。是产后或是途中夭折？产崽后，又要历经几百千米的跋涉回迁，途中遇到狼群、雪豹那是难免的，尤其是猖狂的盗猎分子，但不足50%的成活率还是太低了。

雨越下越大，羊群的毛色更红了。我还是第一次见到野生动物的毛色随着雨水变化，这难道是因为高原特有的环境造成的？

老谢催促我们回到车上，说是淋湿了容易感冒。在高原感冒的危险我很清楚，但我仍不愿离开近十年来常常牵挂的、刚刚结识的高原朋友。

张师傅发话了：“离楚玛尔河不远了，那边正是路标2988千米至2998千米。河谷地带是藏羚羊迁徙的大通道，常能看到几百只的一群。”

是的，那天，保护区管理局的小刘说观察到了1000多只的群体，就是在楚玛尔河。

我将希望寄托在楚玛尔河。沱沱河、楚玛尔河、当曲是长江源的三条重要的河流。当曲、沱沱河为南源，楚玛尔河在它们的东边，是北源。它从多尔改错湖出来之后，大致流向东南方向，穿过青藏公路之后，注入通天河。

到达楚玛尔河大桥时，雨很大，车在长长的桥上慢慢行驶。

迷蒙的雨中，楚玛尔河河谷显得格外宽阔，沙洲将大河分成了数十条水流，上游更是水系如辫，岸边堆起无数的沙堆。那不规则的沙洲，使河流错综复杂，黄沙与清水组成了一幅幅令人难以忘怀的景象。可可西里的核心地区，据说是极干旱的地区，每年降雨量只有 200 毫米左右，形成大片的盐碱地和沙丘。每年高原上强烈的西北风，使楚玛尔河带着大量的泥沙，致使这一带成了可可西里沙化最严重的地区，也是通天河携带大量泥沙的提供者。

我不管他们如何劝阻，还是下了车，但搜索了数遍，仍然没有见到一只藏羚羊，很郁闷。迁徙动物大多是沿着河谷地带行进的，鸟类更是如此。河流提供了方位坐标，而且两岸植物较为丰富，是它们的补给站，可是为什么一只羊也没有呢？

“雨天，羊们窝在哪里避雨了，特别是小羊羔，经不住冷雨降温。别急，离五道梁子不算太远，还是先去那边避避雨，烤干衣服，天晴后再来。”张师傅看我的外衣已经被打湿，好心地劝说。

这位张师傅是我第一次认识，一路少话，只是尽着职责。大约是我们一路的行踪，使他明白了我们的心情，话才多了起来。我对他笑了笑，虽然冷雨中脸上的肌肉一定是僵硬的，他却理解了我表达的谢意。上车后，他立即启动了暖气。

我尽量调节着内心的失望、焦躁。生态平衡并不仅仅指大自然，一个人的肌体，有用亿来计算的细胞，其实也是个宇宙。对一个人说来，首先是要有平和的心理，心理平衡了，生理才能平衡。大凡生理发生了大的动荡和剧烈的变化，总是由心理失去平衡，出现了极大的落差所引起的。这在野外考察中尤其要注意。如此一想，我的心情渐渐平静，想起了我和藏羚羊的交往经过。

我对西部地区的向往，始于 1981 年参加对大熊猫的考察，数年中都在关注着它的命运。即使《大熊猫传奇》出版后，我仍然迷恋于川西的雪山银峰，深壑险谷。

· 楚玛尔河谷是藏羚羊迁徙的大通道

藏北的狼不吃人

藏羚羊走进我的视野，首先要感谢动物学家刘五林。那是1995年的2月下旬，我们同到成都去参加一个会议。他身材中等，精悍，红光满面，没有长期在高原上的太阳斑，但眼神有些恍惚。我第一次听到“醉氧”一词，就是他说的。他刚到时，由于猛然来到成都平原，空气中的含氧量比空气稀薄的高原要高得多，因而如醉酒一般昏昏沉沉，迷迷糊糊，把带给儿子的学费、差旅费一万多元都忘在了旅馆的枕头下。那时这可是个大数字。

我急了。他说朋友担心他取了钱也会在路上丢掉，已帮他去拿了。

看他步履发飘、语不连句的状态，我劝他去休息。他说：“昨天下飞机后，连儿子的学校都没去，到了旅馆就睡到现在，可睡也睡不好。你想了解什么就说吧。”

我说：“听说你从1987年到去年，七年中进入藏北羌塘高原七次，就说说这一段的见闻吧！”

我“羌塘”刚出口，只见他全身一凛，眼里闪出了奇异的光彩。

他定了定神，说：

羌塘，藏北高原无人区，藏语就是这意思。那里的天太蓝，云太白，蓝得白得耀眼。草地碧绿华丽，鲜花妖冶多姿。雪山、冰川宁静、安详。

我是和夏勒博士一起去的，每年一次，走进了七次，每次都九死一生。

那里没有路，只有无边无际的荒漠、戈壁、沼泽、沙地、水网。

鲁迅说，走的人多了，也便成了路。其实，只要是迈开双腿走，就是路。路在脚下。

迷了路，就是在死亡线上挣扎……

他的语调平缓，无限的思绪又回到了那片土地。

我说藏北高原的狼不吃人，谁都不信。

我头天晚上刚支起帐篷，第二天正在做早饭，就见一只成年的公狼站在离帐篷五六步处，浅褐色的，毛衣油光发亮，健壮。

我有些发怵，想喊戛勒博士取枪。

可是，它的尾巴蓬松，微微抬起，不翘不拖。它的形体语言已说明这不是攻击的信号，只是略略有些警惕。若是高度警惕，它会将尾巴伸直；闲暇时，会将尾巴拖着。那双泛着红光的眼，只是在我身上睃巡，并非是算计。

我突然想起这里是无人区，或许它是第一次见到"人"这种动物，又还有它不认识的红色帐篷，怀着好奇，怀着试探……或许就是来拜访邻居的吧。

我又观察了周围——这里地势平坦，视野宽阔——确信并没有狼群，心想随它去吧，于是继续做饭，只是心里有些忐忑。

吃饭时，我扔了一块吃剩的羊肉给它。它嗅了嗅，一副绅士派头，眼神中溢出喜悦，叼起，退后，非常优雅地吃了起来。但它时时露出的尖利的牙齿，还是使我心悸。吃完了，它对我看看，像是感谢，又像是心满意足，就回头慢慢地走向了荒野。

它每天早晨在我做饭时就来了，很准时。我同样送它一块熟羊肉，它仍是非常绅士地享用。第三天，它看我坐下用餐，它也坐下了。我们俩就面对面坐着对吃。

后两天，我甚至走到它身边，用手摸了摸它的头。它没有拒绝，只是微微缩了一下，像是怕痒痒或是不习惯。

和它的友谊维持了四天后，我们要赶向另一个考察点。

五林的语言并不凌乱，只是思绪有些跳跃，偶尔还透出幽默。“羌塘”对他真有神奇的魅力。

藏北羌塘的狼干吗要吃人?

那里的野生动物太多了。野牦牛一群有七八十只，奔跑起来山摇地动。

野驴最守规矩，行进时总是成列、成行，由一头公驴领队，齐极了，就像等着下口令，跑起来，纵队或横队的变化，一丝不乱。

它们长得很美，比黄胄大师画的还美。美术大师没去过羌塘，当然只能画新疆维吾尔族兄弟驭用的毛驴。

野驴体格修长匀称，像个美人坯子：淡棕色的毛衣，腹毛呈黄白色，四肢和背部毛色稍淡，内侧乳白色。总之，它整个形象就是由淡棕、乳白、黄色巧妙组成的一个优美的艺术品，特别是臀部的白斑，特俏丽。

它们看到我们的车，就停下瞪眼瞅着，非常好奇。车近了，它们就起跑；跑一段又停下回头看着你，像在有意挑逗。我曾看到三四百只的大群，太像一支训练有素的仪仗队了。

那天，我发现了一只发情的棕熊，雄性，在追母熊。棕熊可是个粗鲁的傻大个子，体重总有两三百千克。母熊大约是没瞧上它，或是羞羞答答，总是东躲西藏的。这家伙就颠着个肥屁股，一纵一纵地前堵后截。真是个粗鲁的莽汉，连谈情说爱也不温柔。

我开了车子跟踪。繁殖行为是动物生态中重要的行为。

不知怎的，碰巧一群野驴拦了路。

我又是喊叫，又是按喇叭，但无论怎么着它们就是不让。

眼看棕熊就要逃离我的视线，我急了，开了车门，跳下去就给那个领头公驴一巴掌。嘿！这家伙，它提起蹄子就回踢了一记，车身轰隆一响，凹了一大块。回到拉萨，修理时花了几百元，让我心疼。真是头犟驴！

羌塘的狼干吗要吃人？

兔子遍地都是，又容易抓，还不会遭到反抗，没有危险。动物在生存中，首先要考虑自身的安全，凶猛的野兽也将安全作为第一考虑。它没见过“人”，也许在遗传密码中根本就没有“人”的信息。和“人”没打过交道，它干吗要去冒风险？

羌塘高原是处女地——大自然的原生态地域，至今仍是人迹罕至的无人区。

在羌塘，常能见到狼群。狼是营群动物，一个家族有七八只。它们勇猛、机警。

那天，我看见湖边的一块洼地——对了，羌塘的湖泊多，是重要的水禽繁殖地。我见到过六七个鸟岛，斑头雁、棕头鸥、麻鸭，遮天盖地，毫不逊色于青海湖，只是人迹罕至，世人尚不知道——埋伏着两只狼。

左边草地上有一群黄羊正在吃草，总有三四十只。从狼的神情看，似乎是在监视、等待。

营群性的动物内部总是用等级和分工的不同维系着关系。哨狼发现了猎物，会以最快的速度通知部族。

果然，不一会儿，这两只狼从洼地中跃出，扑向黄羊。担任警戒的公羊吱喽一声，羊群骤然奔起。

还未跑远，从它们的两侧突然蹿出了五六只狼。

倾刻，黄羊大乱。狼们纵横驰骋，很快将羊群分割成两三个小群。

黄羊具有在生存竞争中培育的特技——奔跑神速。狼并不占优势，但它们耐力好，不屈不挠地追逐。

狼的战略战术非常明确——只追逐被分割出的一小群，在耐心的追逐中等待，等待着羊们犯错误——或许是第一次，但也是最后的一次错误。

果然，那四五只羊误冲到了河边，或者就是狼群的预谋，要把它们赶到河边。它们只能转向。就这么一个小小的失误、犹豫，狼群已扑了上来……

只有两只幸免，其他都成了狼的美味。

在第二次世界大战中，纳粹将领邓尼茨潜心研究狼的狩猎行为，创立了“狼群战术”，使他名噪一时。

狼群靠什么传递消息？嗥叫当然是一种，但发现猎物、埋伏、战略战术的策划，是不可能用叫声传达的。它们是如何建立信息网络的呢？这充满了神秘。狼文化中充满了神秘！

那只狼又为啥来找我？

一定是熟食的香味！经过火烤或是烧熟的食物，自有特殊的香味。是它觉得陌生的但充满诱惑力的香味。食物的引诱，对动物来说具有永恒的魅力。人也不例外。

火的发现、火的应用，使原始人走向了文明，火是文明的种子！刘老师，你参加过大熊猫的考察，在卧龙的高山营地，诱捕大熊猫的笼子里，放的不是它们平时爱吃的竹子，是羊头、羊腿！是烤得香喷喷的羊头！所以，我每次扔给狼的，都是煮熟了的羊肉。

对熟食的共同爱好，使我和狼有了沟通，开始了友谊……

他伸手摸杯子。我赶紧给他泡了一杯黄山贡菊。他的记忆正沿着羌塘高原，展示着精彩。

夏勒博士是受自然基金委托来的，我们一道去羌塘高原考察野生动物。他是美国著名的动物学家。对了，刘老师你认识，听说你1981年就在卧龙研究大熊猫的高山营地和他相识了。关于抽烟，你和他还有段精彩的对话，最后是他美丽的夫人解了围。

我笑了。1981年5月，那时我正在考察大熊猫的繁殖行为，因为这一直是个谜，动物学家并未亲眼在野外观察到；而要保护大熊猫，这不能不是个重要的课题。作为课题的一部分，是诱捕大熊猫，给它戴上装有发报机的项圈再放回山野。11 月我又去了，是为祝贺第一位戴了项圈的珍珍生下的宝宝百日纪念。他和胡锦矗教授的成就，我在《高山营地》《杜鹃花下的爱……》《寻踪觅迹》中已有了记叙。

窥视生育大迁徙的神秘

我们还有一项重要任务，即考察雪山骄子——雪豹。它在世界上是极为稀有珍贵的高山猫科动物，只生活在中国的西部地区，但多年来已不见报道。

两部车：一部卡车装给养，特别是汽油，那是生存的保障；一部越野车。为了减少燃料的消耗，我们采取了每隔一段距离，就留下一桶汽油的方法。羌塘，还没有哪位研究动物的科学家进去过，是一片处女地，只能按地图去规划路线。

说实话，那张地图太简单了。我们 1987 年第一年进去，20 多天没找到路，只是在错综复杂的河流、沼泽中转圈子。苦头吃多了才慢慢摸到了羌塘高原的脾气，终于找到了路——在长水河那边。直到现在，也只有我和夏勒博士知道那条路。

几年来，我们走遍了羌塘无人区，一直走到昆仑山的南坡，走到可可西里山的山脚下。

啊！藏羚羊真多！几十只一群的是小群，大多是几百只的群体。

那天，我正在观察远处的一群野牦牛，那高耸的肩胛、黑漆漆的长毛、四四方方的庞大躯体，在雪山的映衬下，真像墨色浓重的刻版画……

突然，画面下方的沙堆，露出无数直直的黑的物体。是特殊的自然景观？不是，那上面有一节节的环棱，肯定是动物的角。从角的大小形状判断，是食草动物。它们喜爱隐蔽在沙丘低洼处休息。可怎么是一支支的角呢？难道有独角的食草动物？独角兽是有的，虽然我国发现过它的化石，被神化为麒麟；但现在只有在非洲，才

· 从侧面看，雄性藏羚羊的两支角几乎在一条线上，因而它又被称为“独角羚”

能看到犀牛……

我慢慢向沙堆走去，眼看只剩20多米的距离，一声吱喽的叫声响起，沙堆中立即蹿出一群动物，闪电一般飞奔。

啊！是藏羚羊，是一群雄性的藏羚羊！清一色的公羊！

难怪有人叫它“独角羚”呢！它的乌黑的长角几乎是直线的，只是到了上端才略略向内弯曲；卧在沙堆中，又是侧面看，当然会被误认为是独角，是视角产生的误差。

哈哈！东边、西边的沙堆都“飞”出了藏羚羊。它们奔跑时，身体腾空，前蹄伸直，后蹄奋力，全身绷直，矫健神勇。飞奔，只有这时，你才理解“飞奔”！

好家伙，粗略一算，总有六七百只！沙尘弥漫，千军万马驰骋。壮美的景象，真激得血脉偾张，你不由得想飞，想跑，直到喘不过气来才停下，这是海拔4000多米的高原啊！

动物的美在哪里？在野性的爆发，这是生命力最强烈、最活跃、最精彩的展示。

只有在山野，才能看到活蹦乱跳的野生动物，才能欣赏到它们生命的壮美，才能看到它们的野性与自然是那样的和谐。这是野外考察的魅力！

虽然我们每次回到拉萨，经历了生死的瞬息变化，身心疲惫到了极点，下决心再不去摸阎王鼻子了，但没多久，又想念起棕熊、野驴、藏羚羊、正在寻找中的雪豹、浩荡的冰川、巍峨的雪山、辽阔的大漠……到了预定的时间，又奔向了羌塘。

怎么会是只有公羊的群体呢？

藏羚羊平时公母分群，只是在每年11月的繁殖期才互相吸引，走到一起生活。

某一天，某一时刻，大自然传来了号令。霎时间，公羊们雄性勃发，纷纷寻找对手，展开了争偶的决斗：挥角顶撞、砍杀，立起后腿用前蹄拳击……草原上顿时尘土弥漫，角的撞击惊天动地，直到一方败北……得胜的公羊要圈起四五只母羊作为嫔妃。

交配后，公羊护着受孕的母羊，向南寻找较好的草场。

直到4月份，母羊们感到了生命的律动，快临产了，便纷纷离开公羊，与其他母羊重新结群，开始踏上向北迁徙的漫漫长途，走向产房。

迁徙的路程有三四百千米。

7月，到达昆仑山南坡，产崽。

8月，母羊带着孩子再向南回迁。

每年，母羊们都要用三四个月的时间，做这种生育的、长达数百千米的迁徙，以这作为一个生物年。母羊们的遗传密码能精确地导航，准确地到达每年的产崽地。太神了！

临产的母羊为什么要离开公羊重新集群？这种纯母性的群体隐含着什么玄机？

它们为什么要拖着受孕的躯体去做长途跋涉？

是什么神秘的玄机要集体分娩？

公羊们为什么不做挽留？

· 在迁徙途中，小羊还是恋着妈妈甜蜜的乳汁

是留不住？那又为何不去护送，而只是让母羊独自承担生育的艰难？

这种生育大迁徙是幸福的享受，还是必经的磨难？

它留有太多的奥妙！

这是来回上千千米的大迁徙，艰难的跋涉，危机四伏的旅途，狼、雪豹、猞猁的前堵后截，偷猎者的凶残……都不能阻止它们前进的步伐。这种为了完成生命重任的不屈不挠，迸射出生命灿烂的光华！生命的本质在于复制自己的DNA，在于创造！

它们和候鸟不一样，候鸟的南来北往迁徙，是雌雄合群，到达繁殖地后才择偶交配，生儿育女。

是什么原因使它们在进化的历程中，形成了这样奇特的生育行为呢？动物学家们正在研究。

生活在非洲草原上的角马、野牛、斑马，每年也都要做几百千米的大迁徙，从一个草原转向另一个草原。化石考古发现，这种迁徙在几万年前就有了。

动物行为隐藏着太多的不解之谜。

“人”也在动物之列。动物行为中折射出“人”的影子。动物行为的神秘具有极大的魅力，激励着动物学家艰难地探索，正在形成一个崭新的学科。

不过，我倒是发现了一个情况。羌塘高原的藏羚羊很多，看到几百只一群不是稀罕事，1000多只的大群我都见过。

有一天，我发现一只母羊落后，羊羔在妈妈身前身后欢快地跑着。我很奇怪，也就悄悄地注意着。

不久，疲惫不堪的母羊歪倒在一个沙堆旁。还在向前的羊羔发现妈妈没有来，就回头一声声地叫着。母羊只是瞪着湿润的眼睛看着它，忧伤、无奈。羊羔跑回妈妈的身边，更加急切地叫着。可母羊怎么努力也没有站起来。

我慢慢地向它们走去。母羊只是挣扎了几下，仍然没能站起来。我终于走到了它们的身边，羊羔跑开了。我先抚摩母羊的头，它没有动。我检查一番，发现在它的臀部有两个光滑的洞，露出了红红的烂肉，散发出难闻的怪味。

起先，我以为是偷猎分子的枪弹所致。那时，由于藏羚羊绒的昂贵——500克价值几千美元——巨大的金钱诱惑，邻国已开始伙同国内的不法分子，组织起有规模的盗猎。

但仔细看，洞里有白色的东西在蠕动。我折了根草根一掏，竟然是个白胖胖、肥嘟嘟的蛆虫。那是虻蝇叮咬后留下的烂洞，很深。

母羊乖巧地一动不动，只是痛苦的眼睛更加湿润，还不时睨视一下它的孩子。这样严重的伤口，在荒野无法施救，我只得将它抱起，它也紧紧地贴着我的胸膛。

我抱着母羊向营地走去，那个小家伙还犹犹豫豫地站在不远处。母羊“咩咩”两声，它一颠一颠地跑来了，跟在我身后。

我把它伤口中的蛆虫掏完了，又敷了药，它安静地躺在帐篷中。到了晚上，它还不忘记召唤孩子来吃奶。那两天我们说话的声音都是轻轻的。

第二天，它已能勉强站起来了。

第三天，它走了出来，向远方眺望着。下午刚好有一群回迁的母羊经过，它步履蹒跚，但不一会儿，就迈着坚定的步伐，带着孩子，跟上了大部队。我们看着它，直到那队伍消失在大漠中……

后来，我又碰到了两次几乎相同的情况。

这种事最少为我们提供了这样一个事实：在藏羚羊的集中产崽地，除了其他天敌外，虻蝇对藏羚羊的伤害也是可怕的。

都说南方的蚊子可怕，但你们见过高原地区的蚊子吗？它们的叮咬，毒性大，凶猛，能使人昏迷、休克。你想，高原的夏天只有短暂的一两个月，它们要在这样短的时间中完成生命史上最重要的任务——繁殖，并创造条件越冬，不格外努力觅食，又咋办？

高原地区的虻蝇既大又凶猛，不仅吸血，同时在伤口上产卵，将卵寄生在宿主的身上,让孩子一出世就有丰富的营养。它们拥有飞行器,在猎食中占有更大的优势,更具杀伤力。

听说在新疆准噶尔盆地边缘，有种苍蝇更厉害。只要你感到它在你眼眶、鼻孔处飞过，就得赶快用水去冲洗；要不，一会儿就有蛆虫出来。

有理由认为，藏羚羊在南方的栖息地，到了夏天，虻蝇和其他昆虫可能更多；相对说来，北方的气温要低一些，虻蝇、其他有害的昆虫也就相对较少。

弱小的动物，大多利用结成大的群体，以庞大的个体数量来对抗强大的天敌。这种高度智慧的策略，是在千万年生存竞争中形成的，是从一个物种的整体利益考虑的。海洋中的小鱼，总是几千几万地集结成庞大的鱼阵，并利用鱼阵的变化，来对付凶猛的大鱼。

我在羌塘高原，遇到了在那种特殊生境中，动物的一些不可思议的行为，但没去过的同伴编了不少的笑料调侃我。

“刘五林打兔子，十枪不中一只”，流传得很广。

其实是那里的兔子太多。高原兔爱结群，受惊跑动后，你只见到灰白的一片，耀得眼花。它们的臀部是灰白色的。我确实想开枪打，但它们那么多，你刚瞄准了这个，那个又进入了瞄准线；几次三番，只好作罢。

有一天，我遇到一片植被丰茂的草甸，野花也开得灿烂，种类多。高山特有植物让我心花怒放。各色的乌奴龙胆、藓状的雪灵芝、形如鸡头的红色马先蒿、马尿泡——这些都是名贵的药材。我决定做个植被样方。

正做着，六七十只的一群兔子突然来了，就赖在那里不走，近得伸手就能抓到。大约是草长得太好了。但等到我真的伸手去抓时，它们却闪电般地溜了。你不去捉它们，它们又在你面前窜来窜去。只有三四只兔子和我玩这种把戏，不断挑衅。其他兔子头都不抬一下，只顾吃草。

太欺负人了，气得我全身往下一扑——像武术中那种动作——哈哈，真的压到了两只，在我肚子下拱。

我赶紧伸手去抓，刚缩了一下肚皮，它却狠命一蹬，我感到肚子像被击了一拳，就听衣服刺啦一声，一团灰色的影子蹿了出去。

幸好，还有一只。

抓住它，我才爬起。这个倒霉蛋，怎么这样娇气？双眼紧闭，一动不动，死了。我只好随手将它一扔。还未等我醒过神来，它已迅速翻身，迈开四腿，一溜烟地跑了……

结群的策略，多高明！

在产崽时，母羊、仔羊都处于极虚弱的状态，更需要相对来说较为安全的生存环境。这是否就是它们生育迁徙的原因之一呢？

生态道德的课堂

在风雨夹雪中，五道梁子如几顶黑色的牦牛帐篷。老谢领我们钻进一座低矮，充满着牛羊的膻味、汗酸，还有说不出的怪味，但热气腾腾的屋子。

嘿！居然是家饭馆。大家赶快将湿衣服脱下，围到火炉边。

老谢眼疾手快，一把拉住了正要出门的君早："别以为你肉多皮厚，这里的寒气沁骨，不怕感冒？"

君早说："憋着难受。"

老谢说："五道梁子地势低洼，通风不畅，氧气含量更低，来往人都说怪。忍忍吧！保护站的人，一年四季都生活在这里。"

君早问："这屋子是保护站？"

老谢说："当然不是。它们还在那边，是修铁路时留下的房子。在可可西里的保护区，还有帐篷保护站呢！几百千米没有一个人，只有那两顶帐篷在莽莽雪野中，为保护藏羚羊，保护这片原生态的环境，保护长江、黄河的源头，他们付出了太多太多……"

我要君早先坐下，将心静下来，缓慢地深呼吸，这是对付高山反应的良方。

一会儿，老板给每人端来一大海碗滚烫的羊肉汤，还递上了一块大饼。

几口滚烫的、辣辣的、鲜美的羊肉汤下肚，我已感到身上的零部件——手、脚、耳朵又连成了一片，成了有机体。君早的额头沁出了汗星……

我们狼吞虎咽地将那一大海碗羊肉汤和大饼装到肚子里，个个都脸红冒汗。

我想泡杯茶喝，老谢小声说："别糟蹋了茶叶！我知道你是茶客，茶叶背了几千里路，可这里的水，重金属含量高，按标准不能饮用。可可西里蕴藏着丰富的矿藏，金子、铁、铅、镁都有。这里人盼下雪，存雪水，雪水纯净，没有重金属。就连这水也是从1000米之外的河里背来的。高原上，饮用水宝贵。”

我们只有等待，等待雨雪停下。谁也懒得去看手表，它对我们的行程似乎已没有多大的意义。刚进屋时那种令人窒息的气味已没有了，只有羊肉汤、辣子的香味，大家都靠在既是饭桌又是床的长炕上，闭目养神……

“雨雪停了。”

张师傅轻轻的一句话，像是起床号。

天有情，到达楚玛尔河时，蓝天已经洞开，令人欣喜的阳光，将可可西里的荒原照得闪亮。

啊！总共有四五群藏羚羊在河岸上，还有两群正从西北方向走来。每群都有十多只，但没有见到更大的群。在雪地上，它们黄褐色的毛衣显得鲜亮，成了棕红色。有两只腹部的侧面，已有大片的毛脱落，显示出旅途的艰辛。不谙世事的小羊们，不愿拨开积雪寻草，只是恋着母亲的奶水，一耸一耸地使劲儿吮吸。

奇怪，河谷里还是一群也没有。但随即我们看清了：被水冲刷的河谷两边，都是淤沙，寸草不生，不可能提供它们在迁徙的途中需要不断补充的食物。

我注意着每个群体的带崽数，基本上和来时观察到的情况差不多：带崽率不高……

急刹车声使我回过头来。不知什么时候，青藏公路上已来了四五个人，正举旗拦车。像是信号，立即有两群羊，小跑着越过了公路。看吧，臀部的白斑，形如一个个桃子，黑色的短尾正成了桃蒂。真是让人大开眼界！

被拦住车的司机师傅也下了车，乐呵呵地看着羊群……

是来可可西里参加巡护工作的志愿者。我去看了看，都是从福建来的年轻人。福建与这里的地理、气候相差太大，我想问问他们的感觉，但一个个都在专注地留心着羊群的动向、路上的车流。他们已印有太阳斑的脸上，充满了自豪，神情庄重……

· 从全国各地赶到可可西里参加保护藏羚羊巡护的志愿者，在这里接受大自然最鲜活的生态道德教育

我悄悄地对老谢说："走吧！"

他说："我们也不要打扰它们。"

过了楚玛尔河大桥后，我们观察到两大群三四十只藏羚羊。它们准确地找到了铁路留下的通道，顺利地到达路东。我们的心情轻松了许多，心里默默地向青藏铁路的建设者们致敬。

救护中心在公路的左边，保护站前一批志愿者正在忙碌着。一位姑娘的右鼻孔塞着棉球止血。显然，她还正在经受着高山反应的考验。流鼻血是常见的高山反应。她个子不高，很清秀，具有广东人较为典型的特征。高原的风、强烈的紫外线，已在她白净的脸上留下了明显的印记。她是一家合资企业的白领。

我问她："习惯吗？"

她说："不习惯是真的啊！刚到时气都喘不上来，头疼得一夜要醒来五六次。但这里比我们那儿凉快。在家时一天最少要冲两次凉，这里的老师说最好不要冲凉，冲凉时耗氧多。

"真的，来这儿是享受，多壮美！祖国有多么辽阔！我懂得了生命的意义，懂得了保护藏羚羊是保护一种生命。它们和我们一样，都有生存发展的权利，都是大地的孩子。

在保护局看到藏羚羊遭到偷猎者杀害的照片，几百只倒在血泊中，母羊肚子里的胎儿还在动，我哭了。他们为什么那样残忍？虽然不能参加巡山，但沿路的巡护，使我成天沉浸在善良和仁慈中，心里快乐。我想，我会成为一个善良、仁慈的人。”

“你在这里还有多长时间？”

“两个星期,是我攒下的全年休假。这是我成年后做出的最正确的一次决定。回去后，我要向同伴们讲保护藏羚羊，保护这片原生态地区的意义，保护地球村的重要性，还要想方设法帮助这里解决一些困难。我肯定会时常想念这里，雪山、冰川、大漠……这个地方已是我的第二故乡。”

同伴们在喊，她小跑着去追队伍……

她的话，在我心里搅起了波澜。短短的几天，在保护其他生命、保护自然中，她已经历了生态道德的洗礼、启蒙，开始领悟对生命的尊重、对于大地母亲的敬畏的意义，这是她人生中的一次升华。

原来的城市生活,割断了人和自然的天然的联系。到达了可可西里,与大自然的相处，又接通了她和大自然的血脉相连。这无论是对她的人生，还是对社会都具有特别的意义。

自然保护区的志愿者行动的意义，在很大程度上弥补了我们过去所忽略的生态道德启蒙和培养。现在，国家级自然保护区已有数百处，省级、市级自然保护区总有数千处。在一定的意义上，保护区是我们所剩不多的最美好的家园。其实建立保护区，本身就包含了人类的忏悔。如果我们能将志愿参加保护区的巡护作为一种社会风气加以提倡、推广，那么保护区就成了生态道德的学校、最鲜活的爱国主义教育的基地！

道德具有伟大的力量！

乌黑的羊角闪亮了眼睛。一只公羊在救护中心的栅栏中，还有几只母羊、小羊；有两只小羊的脖子上拴有红布条——它们都是掉队的或母亲遭到不测被牧民或保护站收养的。

公羊矫健地站在那里，毛色已是淡黄泛白。它挺着头上乌黑油亮的叉角，显得威风

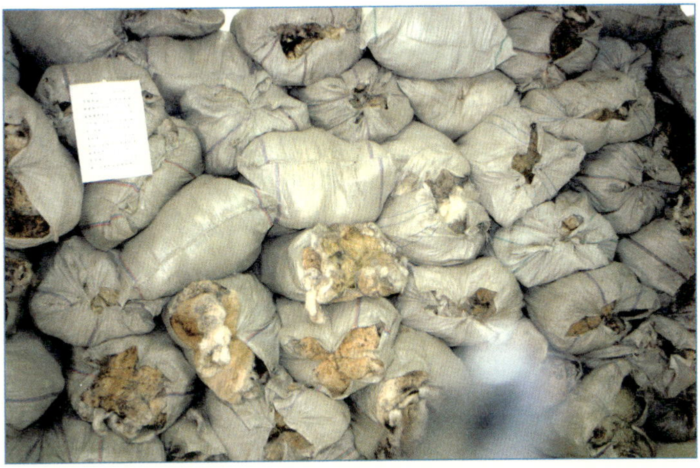

· 可可西里国家级自然保护区的公安干警从盗猎分子窝点缴获的藏羚羊皮

凛凛。它的体形比普氏原羚要大，叉角更长，但角端也有那优美无比的弧线。

只有一只公羊！我想起管理局小刘的介绍，它大概就是广为流传的明星矫健了。

那是在一次巡山追捕盗猎分子的途中，上百只的藏羚羊倒在血泊中，全是母羊、羊羔。羊皮被剥了，头被砍了。惨绝人寰！队员们在清理现场时，发现一只幼崽还在动，赶快抱了起来，贴在胸口用大衣护住。

保护中心每天派人跑几十千米，从牧民家里买来鲜奶。它吮吸着橡皮乳头，睁着乌黑的眼睛看着保姆，在人类宽大而温暖的怀抱中长大了。

矫健顽强的生命力，成了藏羚羊的象征；人类的悉心呵护，使它成了明星。

它也是我第一次在野外见到的公羊。君早很想为它拍张照片，就端着照相机反复寻找着角度，可是它生活在栅栏中，那栅栏怎么也无法撇去。最后，他只好放弃，满脸的沮丧。是的，它应该生活在可可西里的大漠，那里有它的兄弟姐妹。人啊，千万别忘了这一点！

矫健的身影，一直在车中狭小的空间里晃动。天陡然阴沉，没一会儿就飘起了雪花，旅程在沉闷中……

我还要感谢小何，就是在青海湖遇到的那个小何，敦厚壮实的西北汉子。是他带我走进了可可西里。

那是1999年，我刚从加拿大、美国回来，没几天就和李老师踏上了西去的行程，计划去探三江源。首站是西宁。

朋友老郑看了我们的装备后，说还是先去青海湖、孟达、大通这些路程较近的地方看看吧，回来后再说。等我们走了一圈回来后，才算对青藏高原有了感性的认识，才知道凭那样的装备，包括思想准备，是无论如何也无法到达三江源的。于是，我们经过一年的准备工作之后，才有了2000年历时两个月的三江源的探索。

但这次的行程收获丰富。其中之一是结识了小何和司机小石。小石丰富的高原行车经验，对我们以后的行程发生了极大的影响；小何是从事野生动物研究和保护的，他的影响是另一方面的。

记得那是我们从孟达自然保护区回来的晚上，他来了：轻声慢语，却有股震撼人心的力量，使我们肃然起敬。

他曾多次参加青藏高原的野生动物考察。1990年，他跟随中科院考察队，到达了可可西里。

七八月是进入可可西里的好季节，这只是和其他季节相比，其实艰难、危险四伏。那里没有“路”，冰雪融化之后，遍地是沼泽、溪流、沙丘。

步行基本上是不可能的，除非你有庞大的后勤供给。单辆车也不行，最少要有两辆以上的车队。

头天就陷车，是陷在一条冰河中。我们费了九牛二虎之力，才又推又拖将它挪到岸上。所谓的行程，实际上就是车子开一段，就会陷进去，然后是挖土、推车、再开车。这似乎成了不变的程序。每个程序都将大家弄得精疲力竭。这是高原啊！大伙编了一首顺口溜：

一去二三里，
停车四五回，
陷进六七辆，
八九十人推。

经历了那里的气候，大伙也有一首顺口溜：

六月雪，
七月冰，
八月封山，
九月冬，
一年四季刮大风。

那风真厉害，呼呼叫，带着啸声，寒气直往骨髓里钻。过去说，南北极的空气对流，形成大气环流。青藏高原是第三极，却没有说到这一点。现在，第三极的气候对环球大气的影响，正得到愈来愈多的科学家的关注，是一大进步。

两首顺口溜，是青藏高原气候最真实的写照，也是大伙从生死的考验、意志毅力的考验中体会出来的。

比孙悟空经历的九九八十一难还要多，我们终于到达了格拉丹东。老天就是不开眼，风一阵，雪一阵。

第三天，向导说风停了，晨曦中，我们都钻出了帐篷。

格拉丹东高高矗立。一轮红日从巍峨的雪山升起，霞霓变幻成满天的红云，金红、水红、胭脂红、大红、绛红……红的光影外，更是一个色彩无比丰富的世界。浩荡的姜根迪如冰川，也是彩色的，如红霞般闪耀；冰川上林立突兀的冰塔，色彩迷离，不可名状，连对色彩最为敏感、分得最细的刺绣大师也会望其兴叹……

不论怎么抑制冲动，我们还是忍不住跪下朝拜，瞻仰着神圣。那时，只有这个动作才能回应全身血脉的激荡！

看着涓涓细流，从姜根迪如冰川伸出的冰舌潺潺流出，我好像也成了高山流水中的一滴。这就是长江的源头啊！她从这里起步，开山凿岩，历经6300千米抵达大海，成了世界上第三大河！

正因为高原苦寒，人类还无法大规模进入，因而这里成了野生动物的乐园。

我们经常看到野牦牛、藏野驴、棕熊、雪雉、旱獭。它们成群结队，还不知道“人”是什么样的动物。甚至狭路相逢，它们也只瞪着好奇的眼睛盯着你，根本不让路。

小何和刘五林对可可西里地域野生动物与“人”的关系的观察、思考，何其相似！在这两位从事野外考察的动物学家的视野中，这儿的原生态是多么珍贵！

我第一次见到藏羚羊，是在羚羊滩，293只的一群。后来，我见到的群体更大，在酷宝湖看到了1000多只的大群。那是个公羊群，满世界的黄褐色中，挺立着一片乌黑的叉角，如千军万马执戈擎戟，实在太壮观了！

那一次，我们基本上摸清了它们的产崽地在昆仑山南坡的太阳湖、卓乃湖。它们每年四五月开始北迁，到达产崽地大约是7月份。卓乃湖、太阳湖水草丰茂。

我们已错过了季节，但有人亲眼见到过藏羚羊产崽的盛况：

一个山谷集中了三四千只临产的母羊，是藏羚羊文化中最壮丽的篇章。三四天之内，它们会全部产完崽，到处是母羊在为刚生下的孩子舐干毛衣。只要毛衣一干，小羊就努力站起，歪歪趔趔地迈开生活的第一步，很快就能跟随妈妈寻食。妈妈还要待在产房的山谷附近、水草丰茂的湖边休养生息。待小羊稍稍强壮，凭着神秘的生物钟，它们开始迁徙……

大规模的偷猎犯罪，大概是1992年之后的事。一是因为国际上藏羚羊绒的高昂价格，据说500克羊绒值数千美元。它的绒毛保暖性特别好，可做太空服的填充物，更是高档披巾、围巾的原料。

开始时，国外有舆论批评我们保护不力，但他们对藏羚羊绒的制品不理不问，这是很不公道的。如果没有了市场，盗猎还能猖狂起来？再是有的媒体关于藏羚羊全身都是宝的报道，主观上是想引起人们的保护意识，负面的影响是使心怀叵测的人，了解了藏羚羊的价值。最疯狂时，犯罪分子组织武装盗猎，我们一次就缴获了1000多张皮子！

5月份藏羚羊的绒最好，母羊已开始迁徙；7月是集中产崽；8月又要回迁。犯罪分子专挑这几个月的时间下手。白天看清羊群的夜宿处，到了夜晚，打开雪亮的车灯，羊对骤然的强光有个适应过程，他们就是利用这短暂的时间进行扫射，那是赶尽杀绝。大屠杀之后，天昏地暗，小羊们的哀叫，也不能阻止犯罪分子的贪婪！有案可查的就有一万多只被猎杀，更多的则是无案可查。这个地区太广袤了，一个公安干警的辖区有几千平方千米，再怎么努力，也鞭长莫及。

据原来的估计，青藏高原的藏羚羊总有上百万只，但到了1997年，乐观的估计，可可西里也只剩下了两万只！人，多可怕的人！

其实，盗猎野牦牛、棕熊、白唇鹿、麝的案件也触目惊心！有个姓马的犯罪分子，一次就盗猎了一百多头野牦牛。野牦牛的基因价值，搞繁育的人最清楚。明天去看白唇鹿的大通种牛场，专家已用它和家牦牛杂交，培育出牛肉品质高、抗病性强的新品种。

姓马的被抓到了，但只判了三年徒刑。他出来后又去玉树那边盗猎白唇鹿。白唇鹿属国家一级保护动物，它的体形高大，一只有二三百千克重。它的鼻翼两端和下颌、下唇都是白色的，所以叫白唇鹿，主要生活在海拔3500—5000米的高山草甸、森林、灌丛，也可以说是青海的特产动物。

这次是天网恢恢。被巡警发现后，他开枪拒捕，在交火中被击毙了！

青海的麝资源异常丰富，它的悲惨命运，刘老师很清楚。

高原上的自然保护区，是珍贵的高原生物基因库，价值是无法估量的。

要保护这个珍贵的生物基因库，首先要保护好它的原生态。开矿、淘金——可可西里矿藏丰富，黄金储量大——破坏性极大，特别是对植被。那里的生态脆弱，是几千万年的进化才形成的，一旦遭到破坏，没有上百年的时间难以修复，甚至永远不能恢复。

可可西里的湖泊多，在盐水湖，生长着一种卤虫，高蛋白，是养殖鳗鱼等高档商品的极好饵料，每千千克价值二三十万元，引得大批人闯进湖里捞虫，致使资源大损，垃圾遍地。

一位老科学家对我说过——他在20世纪60年代就进入过长江源——长江源的生态正日趋恶化，十年间，青藏高原平均气温上升0.16℃，主要是放牧过度，采金、采矿的破坏了植被，沙化严重，降雨量减少。沱沱河在汛期时的水量，只有20世纪80年代的三分之一。也是在20世纪80年代，一次大雪灾之后，迁来了一批牧民，至今没走，而且还在增加。三江源保护区建立后，希望情况有所改变。

长时间沉默，我们相对无语，心中却激荡翻涌……

不过，这几年的情况好多了，我们加大了宣传、保护的力度。就说可可西里吧，已引起了全国的关注。那里的保护区人员，在那样严酷艰难的条件下，能坚持下来，就是伟大，就是英雄！志愿者参加巡护的活动，实际上是一场生动的生态道德启蒙和教育。

盗猎藏羚羊的现象已得到了遏制，藏羚羊的种群已有明显的增长……

那天，在可可西里自然保护区管理局，小刘兴奋地告诉我：藏羚羊已恢复到三万多只。还有一项重大的活动：他们正在向国家奥委会申报，将藏羚羊作为2008年奥运会的吉祥物，因为它的矫健、它的奔跑的速度、它的美丽……它是大自然的精灵，是绿色奥运会的象征。

是的，我感到欣慰，分享着小刘他们的欢乐。

据报道，2006年，可可西里的母羊带崽率已达到了90%，种群数已恢复到四万多只。

黄山与昆仑山的对话

明天我就要离开格尔木，继续穿越柴达木，响应大漠的召唤，走向帕米尔高原。

我约了老谢在房间一聚。他借着酒兴，进门就嚷嚷：“像话吗？一米八几的大汉，刚才只喝了两小杯酒，猫尿的都比你多；还让儿子使劲灌我。什么事？饭桌上不说，神神秘秘地把我捞来！”

我笑着说：“别紧张，肯定不是敲诈勒索。只是有个小节目，聊表谢意。”

“啊……”他瞪大了迷离的眼，在房中搜索一番，“精彩的表演还不赶快！”

壶中的水已小响了。

“别急！心急吃不得热汤圆。”

“我这肚子还填得下？”

水已大响了，我示意君早可以沏茶。

“水还没开呢！”君早说。

“90度，正好！”我说。

看君早只将玻璃杯中注入三分之一的水就停下，老谢又嚷嚷了：“干吗，吊我胃口？什么好茶没有喝过！”

君早只是看着他满脸酒意傻笑。停了会儿，水已大开，君早这才续水，但仍留有五分之一的空杯。

“斟满，斟满！我正口渴呢！”老谢急叫。

“满招损，谦受益！”君早不急。

“臭小子，和我玩茶道！”老谢更急了。

我将茶端起递给他：“别急着喝，先用鼻尝。”

“不就一杯茶吗？”大概是看到我和君早莫测的神情，他真的揭开杯盖，先是轻轻吸了一口，接着连连深吸，“香，真香，山岚之清香！幽谷山岚，神清气爽！”

“可以喝了。别牛饮啊！”我说。

他这才轻轻地端起玻璃杯，认真地审视：“碧翠，绿茵茵，每个都一芽两叶。鲜活，像是从茶树上刚冒出来的。在水中浮动，像是绿荷。好漂亮，美！在这大漠，让人想起鸟语花香、莺飞草长的江南！”

他轻轻地啜了一口，在嘴里还游走了两周，才慢慢地咽下：“回肠荡气！没想到茶也像酒一样。”

“形容词要省着点，别到后来没得用了。”君早打趣。

“茶味醇厚而不腻，香气清幽而不浊……”

“水呢？”

“甘洌，清心，悠远……哈哈！是我们的昆仑泉！”

我和君早拍掌大笑。

“这是什么茶？我也算半个茶客，什么龙井、碧螺春、乌龙茶都喝过，却从未喝过这样的好茶！”

“这叫‘黄山与昆仑山的对话’。昆仑泉水沏的黄山毛峰。中国十大名茶，安徽占六个，《红楼梦》中写的六安瓜片也是安徽出的啊。”我有些得意地说。

“亏你想得出，‘黄山与昆仑山的对话’，一东一西，一南一北，大漠雪山的旷达豪放，与黄山的奇松、幽谷、秀丽相融——对话，妙！”

第一杯喝完，老谢就说：“神了，真是口舌生津，回味微甘。”喝到第三杯，他的酒意渐退，但更加神采飞扬：“真是神清气爽啊！”

我告诉他：“我第一次和黄山毛峰相识是1974年。为了考察黄山的后山，我和小徐选择了从北海前往太平，那是游人较少、奇峰怪石较多的区域。我们在初阳台看过云海日出后就下山，走着走着，下起了小雨。我们紧跑几步，进松谷庵躲雨，大约是下午1点钟。

“那正是采茶季节，采茶人揭锅吃饭，那饭香，馋得我们饥肠辘辘。见我们那副馋相，采茶人邀我们吃饭。可那时是用粮票，每人定量，我们只好咽着口水硬撑着说刚刚吃了干粮。他们就用山泉，将刚炒好的茶，用大碗给我们泡了。我们两碗茶一喝，嘿！疲惫一扫而光，神清气爽，只是更加饥饿。

“雨一小，我们急着赶到芙蓉岭下。路边有个小店，我们把小店收的鸡蛋全买了，放在黄泥炉上煮，我们每人吃了整整十个，你信不信？

“从此，我爱上了黄山毛峰，每次野外考察都要带一包。到了晚上宿营，再累，我只要喝上一杯，疲劳顿除，思绪又回到黄山，回到我和大自然的相处，激励着我在大自然中跋涉！

“我的第一部长篇小说写的就是在黄山发生的故事。”

那天晚上，我们谈得很尽兴。临别时，我送了一筒黄山毛峰给老谢。

“我要去制作‘昆仑山与黄山的对话’，老朋友。我会不时沏上一杯，和你对话。想着吧！”老谢很兴奋。

变脸盐湖

我们原计划穿过乌图美仁草原，由西北线到达茫崖的花土沟油田、尕斯油田。我们来时从德令哈出发时，是向西。大柴旦之后，路线基本上是西南方向。这条路线的优点是距离短，而且考察了柴达木盆地的西部地区，就对盆地的整体有了大概的认识，但缺点是撇开了南八仙——著名、庞大的雅丹地貌群，而这一带又是我们最想经历的地方。

正在两难之中，老谢说："你们计划得再怎么好都没用，还得听老天爷的。"

果然，送我们的司机小王说："现在是雨季，乌图美仁草原的路况太差，只好从大柴旦那边走。"

君早问："不是越野车吗？"

"我不是说了嘛，现在是雨季。哪怕是小雨，也去不了。"

我示意君早别再争了，在野外考察，没有特殊的情况或十足的把握，听从师傅的安排是最明智的选择；更何况是在神秘莫测的西部。

我们上了万丈盐桥不久，发现盐湖面貌大变，似乎不是那天我们探索的察尔汗盐湖。我怀疑小王是不是拐到了另一条路上。

君早说："当然还是那条路……是呀！盐湖怎么像是被犁了一遍，土都翻起来了，一浪一浪的？乌黑油亮，还真像北大荒的黑土地……那天来时看到的是平坦坦的。不是说盐湖上的盐壳要用炸药才撬得开吗？"他的一连串问题，大约还未将诧异全部端出。

小王只是对盐湖瞄了一两眼，打趣地说："胖子，傻眼了吧！怎么不是另外一条路……"

· 察尔汗盐湖

小王40来岁，精瘦。他出发前和君早一对面，他们就都笑了。他们都以对方的胖、瘦互相打趣，很像相声演员。一上车，他们就聊开了，从网络游戏，一直谈到海湾战争。小王是个“网虫”，君早的电脑知识大派用场。两人年龄相差不大，不一会儿就谈得火热。我们走得早，路上根本没有行人，车辆稀疏。

“别逗了，我也有驾照。再说，我还带了卫星定位仪呢！”君早不服气地说。

“那你说个究竟呀！”

我说：“还是停车看看吧。”

君早走到盐湖上提脚就向翻起的泥浪踢去。这个莽撞的家伙，疼得龇牙咧嘴，将脚抬起，左腿单立跳着。

那土浪岿然不动，连渣星都没掉下一块。

小王笑得直打嗝。

我发现掀起的泥浪有润色，连忙用手摸了摸，确实有水汽；闻了闻，没有怪味。我连忙又察看了几个土浪，情况相同。我心里顿时有些明白，也惊叹……

君早也学着我的样子，重复着我的动作；思索了一会儿，问小王：“盐湖每天早上、下午面貌都不一样？”

小王说：“你说呢？这是柴达木。”

君早恍然大悟：“好家伙，真是了不得！就那么一点水汽，竟有这样大的力道！”

小王说：“你别故作深沉。”

君早说：“这里昼夜温差大，到了晚上，冷热一碰，凝成水汽。寒气再将水汽凝成冰，冷缩热胀，如此反复……就这样，把坚固的盐壳给撬起来了。”

“冷缩热胀？真聪明！”小王揶揄他。

君早说：“别钻空子，水在结成冰时体积要膨胀……跟冬天水瓶冻爆裂道理一样。”

小王说：“胖子不蠢，是个宝！”

君早说：“瘦子真抠，捧人也舍不得用词。”

停了一会儿，君早又说："神奇，盐湖每天有两张面孔，真像是川剧中的'变脸'。"

看样子，我们对盐湖了解得还是太少，在柴达木盆地，每走一步，都有大自然的奇观！

到达大柴旦才10点钟，小王把我们领到一家饭店，说："你们在这儿喝点水，我有点事，一会儿就回来。"

约20分钟后，他回来了，说是已将路况打听清楚了，去南八仙那条路可以走。

君早蹿上去把他抱住："哥们儿，够交情！"

小王赶紧挣开，说："等会儿别叫苦就行了。是我自作主张改了行车路线，真要是碰到了事，我得兜着。谁叫我对你们的考察发生了兴趣呢？"

我当然也很高兴，但他后面的话使我警觉起来。按理行车路线是在出发地就定了的，若是司机途中改线，没有充足的理由，出了事故要负全责。小王当然是为了满足我们的愿望，但前途究竟有没有危险呢？

我再三追问，小王也没有说。他只是说带了三箱子水，够了，但还要再添干粮，最少要准备三天的；还说等中午在这里吃了饭再走，途中没有饭店。

公路化了

从地图上看，那条路就是315国道。我们从德令哈过来走的就是315国道。既然是国道，路况不应该差。难道是因为雅丹地貌？南八仙的故事涌上了我的心头。

君早只是在小王身边转来转去，乐呵呵地忙这忙那。我多了个心眼儿，抬头看看天，天还是那样蓝得深邃，蓝得靛青，只有丝丝缕缕的云，淡淡地抹在天空……在野外，天气的好坏，直接影响着考察。我想，难道柴达木盆地也像高原上一样，天气说变就变？在昆仑山腹，在可可西里不都经历了吗？现在多想也没用。

我们出了大柴旦，转入315国道，没走多远，路便愈来愈窄，窄到担心两车相遇无法会车。

我心里多了层顾虑，也就特别注意起地貌的变化：盆地的感觉依然存在，因为不断有些山丘出现。

不久，车转入一条小山沟，路边出现了警示牌："雨天禁止行车！"

它撞击着我的神经，我的心弦立即绷紧了。

它不是说"雨天谨慎驾驶"，而是"禁止"，语气是命令式的。

我再看路面，倒也平坦。我原以为路面铺的是柏油，其实只是颜色相似，仔细看，哪里有柏油的影子？

万丈盐桥的形象突然涌到了我的眼前……

路边又出现了"雨天禁止行车"的警示牌，它刺痛了我的眼睛。我请小王停车，下车仔细打量了这段路，又用脚去踩。

君早问："老爸，发现了什么宝贝？"

"你没看到警示牌？"

"当然看到了，看路牌是考驾照的基本要求。"他眨巴眨巴眼，挥手一拍脑瓜，"这路也是盐造的？乖乖，这一下雨，盐不就化了？路就泡汤了！这里也是盐湖？难怪隔一段就竖一个警示牌！"

小王说："赶快上车吧！在大柴旦我已问过当地的老乡，说是有雨的可能性不大。谁说得准呢？靠老天爷保佑吧。"

车刚爬到坡顶，眼前一展平畴，无边无际，没有一棵草，没有一棵树，但都像是被犁过的一样，只是比在万丈盐桥处看到的泥浪要小一些，阳光已经消融了一些冰冻。

车内顿时静了下来……

"这就是你们一定感兴趣的盐漠！胖子，还不赶紧下去拍照片！"

小王故作轻松的话，果然生效。君早迈着忙乱的步伐，不断选取着拍摄的角度。

小王说："别紧张，我们带的水多，干粮也多。即便下雨公路泡了汤，天一晴就可行车。它还能下个两天三夜？你看到那边的盐湖没有，银光闪亮的？"

真的，在右边2点钟方向，湖水如镜，反射出耀眼的光芒，依稀可见湖边堆起高高的盐花……

"哥们儿，我不是害怕，是第一次见到无边无际的盐漠，被震蒙了！过去我只知道荒漠，我老爸说他在新疆碰到过泥漠，浮土有三四十厘米厚。盐漠这个词我是第一次听到。哥们儿，不会蒙我吧？我们走到现在，实际上是围着察尔汗盐湖转。盐漠不就是盐湖吗？这下面肯定是盐湖，怎么又偏偏叫盐漠？"

小王说："你冤枉我了。我哪有本事造个新词，别别我的酸筋。你说的可能对，但我拉的考察队，说这就叫'盐漠'。等下次再拉他们，我一定问个详详细细。"

君早说，交通图再版时，一定要在315国道的这段，加个说明："盐路，雨天泡汤，不能行车……"

前方出现了一个黑点，渐渐显出是辆小车。路中站着一个人，不断挥着手。

拦车的是位50多岁的男子，原来是位出租车司机。他说大前天拉客到马海那边看盐湖，原来说好当天即回，谁知他们想搞开发，待的时间长了，昨天才回来。可到这里车坏了，修了半天没修好，客人只好徒步走回大柴旦。他们说是到了那里就通知他家里派车来接，可到现在也没人来，他也未遇到一辆车，昨晚差点没冻死……

君早赶快从车上取了干粮、水给他，小王忙着去检查车子。我看手机，不知什么时候已没有了信号。

看着他狼吞虎咽的样子，我心里不禁揪了起来。

小王说车子在这里无法修好，劝司机上我们的车。司机说他买车借了债，要是把车丢了岂不是要破产？他说什么也要在这里看车，等家里来人接……

我和君早赶忙将干粮和水分了一些给他，估计能维持两天。小王又从后备箱中取出一件棉大衣留下。

出租车司机也是厚道人，反复问我们带了多少干粮和水。君早让他看了，他才千谢万谢地收下。至于棉大衣，说什么他也不要，直到君早将我们的行囊打开给他看了，他才勉强收下。看来，他也是常在高原行车，懂得粮食、水、棉衣就是生命的保障。在这样的困境下，他还能为我们着想，真是难得。其实，我们也不知道前途将会碰到什么不测。

小王要了他家人和可靠朋友以及亲戚的电话，保证手机一有信号，就打电话。

再上路之后，小王、君早的心情反而好了起来，大约是从帮助他人中得到了快乐。

没有任何征兆，没有一片阴影，豆大的雨点就砸在驾驶室的挡风玻璃上，印出一片水花，车顶像敲鼓。

雨滴落到路面，立即消失得毫无踪迹，真是怕鬼鬼就来了。

“都将安全带挂好！”

还用小王命令吗？从看到第一滴雨点落下，我和君早就都已抓到了安全带。

小王一踩油门，车如风驰电掣。

风刮着，带着哨声。

天也陡然暗了下来。

雨天车速太快容易出事。我忍不住提醒小王。

小王说：“盐路不像柏油路那么滑，争取时间吧！”

从他的话中，我倒是听出了一点希望。

我们感到车轮有些涩，像是行驶在泥沼中，泥浆迸射。我回头一看，水沟样的车辙印，触目惊心。车速慢了下来，方向也不稳……难道路真泡汤了？

刚疏了一点的雨，又突然紧了起来。

雨点击在路面上，水花狂蹦乱跳。

车速突然快了起来，小王身子向后一靠，显然是松了一口气：“雨，你尽管下吧！”

他凭什么这样宣布我们已出了盐路区？是因为熟悉路况，还是从雨滴落到路面的状态判断的？不，肯定是感到路基硬了。

管它呢，反正是出了危险区。

怪吧，雨骤然停了。我伸头向外看去，一大片乌云你追我赶地越过我们的头顶向西边涌去。

阳光又普照大地。

前后也不过就20来分钟吧，老天好像故意开了个玩笑，有惊无险地考验着我们的神经！

一辆白色的大车停在左前方沙梁下，其上是红色的土崖。几位穿着红色工作服的人，正在走开去。这是我们一路行来见到的第二辆车。

南八仙，迷失在雅丹群中的八位姑娘

小王说那是石油勘探车，车上载了仪器。那些人大概是去放线，用爆破制造地震，探测地层的构造。这一地区正在被重新认识，因为新的地质勘探，新的成油理论，表明在过去认为已出完油的地域，应该存在着大油田。

其实，红色的土崖，已预示着我们快到南八仙了——我国最大的雅丹地貌群，因其奇特、诡异，也被称为“魔鬼城”。

“雅丹”为维吾尔语，意为“风蚀的土堆”，也有译作“陡壁的小丘”的，以罗布泊中雅丹地貌最典型而得名，现在已成为全世界地质界所接受的一种地貌的名称。

像是大海中突然浮出无数的鲸豚——戈壁上布满了一个个土丘，红色的，褐色的。有的像海龟游动，或鲸鱼出水，或群豚追逐嬉戏；另一片有的如虎伏狮吼，有的如群羊奔驰；更有如临风少女，或沉思老人。

灰褐色土丘高者不过二三十米，低者只有四五米。东边红色土丘高五六十米，如城如堡，亭台楼阁历历在目……

谁说不能捕风捉影？这里的风有声、有味、有形、有色。

雅丹就是风的形象！

阳光灼人，热烘烘的气息直往脸上扑，似乎还夹杂着一丝泥土的焦糊味。不远处的两个土丘间，蹿出了一股细长的旋风……

我们努力往一较高的土丘上爬去，满坡闪着带有蚌釉彩的光亮，那是一片片的云母，大者形如手掌。

我们登到顶上环顾，啊，真是波澜壮阔！无数的土丘如群兽奔跃，又如围棋布出无限的玄妙……无法用语言形容置身于雅丹群中的感受，只觉得四周是一片如梦如幻的世界。风在穿过时，迂回曲折，带来了各种啸声，如泣如诉。苍茫，萧瑟！

大自然竟造化了如此诡异的世界！

你会不禁想起桂林、贵州喀斯特地貌的峰丛，大自然神奇地使那些溶岩平地拔起，塑造出千奇百怪的形象，只是艺术风格迥异。

柴达木盆地干旱少雨、严寒，每年有八个月的季风从西北方向吹来，风力可达到八级。地质学家说，经历了7500万年，大风才将大地雕琢成为这样气势磅礴的艺术品。

柴达木的雅丹地貌群总面积有数千平方千米，有一资料上说有2.15万平方千米，总之，是我国最大的雅丹地貌群！

科学对于雅丹地貌的探索，从未止步。

20世纪50年代，一群年轻的地质勘探队员来了。

队员中有八位来自南方的姑娘，她们满怀着激情，走进了这片魔幻的世界。谁知，她们遭到了沙尘暴的袭击。风声刺耳，天昏地暗，她们迷了路。八个姐妹相搀相扶，行走在一个连着一个的土丘中……

风刮了几天几夜。勘探队四处寻找，始终没发现她们的身影，风和沙尘将一切的踪迹扫荡干净。她们失踪了。

直到半年之后，人们才在雅丹群中发现了其中三位的遗体。她们风干的身体还紧紧地压着地质图和地质包，将她们与肆虐的沙尘暴搏斗的景象，永远雕刻在大地！

其余五位姑娘的遗骸至今仍隐埋在柴达木雅丹群中。

人们在这里垒起了八座坟墓，取了个最好的名字：南八仙。仙者，无终无老，生命之树常青。从此，地图上有了“南八仙”，有了人们对她们的无限怀念。

她们是为勘探柴达木而献出宝贵生命的青年的代表。

后继者已揭开了这片神秘地貌的宝藏——蕴藏着丰富的石油。

·南八仙雅丹地貌群

·雅丹地貌是风的形象，又是地质大使。在柴达木盆地，
它总是预示着石油、天然气就在它的地层深处

在柴达木，雅丹地貌和石油总是相依相伴，一个在地上，一个在地下。雅丹似乎成了油苗。

君早自恃方向感强，想深入雅丹群。小王说在这里最容易迷路，因为土丘大小都差不多。我同意小王的意见，再说还是应尽量趁好天气时赶路，万一再下雨，或是遭遇沙尘暴，麻烦就大了。

很庆幸我们做了这个正确的决定。

我在取水喝时，突然发现所带的水已不多了。是的，我在不经意中已喝了六七瓶，是平时饮水量的三四倍。君早喝得更多。小王说，在戈壁上行车就是干渴得厉害，大地的蒸发量大，人的蒸发量也大。于是我们决定：严格控制饮水。

我曾听一位朋友说过，他们也是在这一带遭遇了沙尘暴的袭击。几个人只好躲在车中，昏天黑地，沙石打得车厢呼呼响，风吹得车东倒西歪，摇来摇去，像是怒海中的一叶扁舟，沙土的腥味直呛嗓门……只能是听天由命。我在新疆吐鲁番也遇到过沙尘暴，虽然发现得早，及时逃到了山沟里，但还是惊得出了一身冷汗。

穿越这样庞大的雅丹地貌群，我们不得不提高警惕。

“受不了啦！”

随着小王突如其来的一声喊叫，车戛然停下，猛然向前一倾，我的下巴差点撞到椅背上。

“一个个土丘转得我发晕，雅丹群太大了，真叫人发蒙……”小王说着就下了车，一屁股坐在地上。

我在野外考察的近30年中，还是第一次碰到像小王这样的情况，当然也是第一次在这样无边无际的风蚀土丘中转来转去。它像是个迷宫，只有开头，似乎没有结尾。这和在高速公路上，司机最易发困，有着相同的原因。

君早的体会可能更深刻，他忙着给小王取水、点烟，装出一副怪相：“哥们儿，要不要我来换换手？”

“你手痒痒？”小王说，“别逗了，我这样的老手都转得发慌，就你那两刷子？也不问问这是哪里！”

君早说：“你就是叫我开我也不敢开！听人说有审美疲劳……不，这不叫审美疲劳，是奇特的雅丹群有股神秘的力量，刺激大脑神经，摄人心魄……”

像是发现了什么，他撂下话头，向一边走去。

君早将一块石头递给我。看到我一脸的茫然，他说：“这是不是榴辉岩？”

红帽背包客又浮到了我的眼前。他确实说过，有种榴辉岩能证明印度板块与喜玛拉雅板块的挤压，将柴达木向东推去。这种曾经处在地下五六十千米深处、四亿四千万年前形成的岩石，竟被翻到了地表，盖在了六千五百万年前才形成的沉积岩上。

真是翻天覆地。

我仔仔细细、翻来覆去地观察着这块小石。是的，它以红色为基调，又还有隐隐的似是绿色的花纹，还有红橙色，很可爱，似乎更像是玛瑙一类。据红帽背包客说，那是榴红中有着辉绿，但我不能断定。

“留着吧，到了茫崖找专家鉴定，说不定还真的是呢！最起码是块美石吧，美石就是玉嘛！”君早兴奋地说。

小王也把石头要去把玩了一会儿，说：“这不是玉。格尔木就出玉。怎么，你们没见到？玉矿就在玉虚峰那一带，白玉、羊脂玉都有……”

君早急了：“你这瘦子真抠门，怎么不早说呢？真是到了家门口都错过了！是呀，和田玉不就出自昆仑山吗？老爸，你怎么也忘了？都是麝和羚羊闹的吧？”

他对玉一向有兴趣，我只好用和田正在去帕米尔高原的路上来安慰他。

这个插曲使小王又精神起来。

我们终于走出了雅丹群。天好得出奇，将前途照得一片银白，莽莽的戈壁滩上似乎铺了层雪。

我正在奇怪之间，小王说：“哪里是雪？是硝盐，制造炸药的原料。神吧，也是盐漠的一种！”

君早陶醉在这目不暇接的大自然奇观中，不断感叹，时时将红帽背包客揪来，作为旁征博引的依据。小王偶尔插上两句，幽默风趣……

不久，我就看出了君早特意饶舌的用意——分散小王的注意力。

在这莽莽的戈壁滩上，一路没碰到一辆车、一个行人，路又平坦而笔直，满世界是白花花的一片，小王戴上了墨镜。只有极目处，在蜃气中，才显出一列恍恍惚惚的山影，它永远在前方若隐若现，似乎还有着水光的闪动。君早担心小王又出现困乏、发蒙的情况。

但小王还是发晕、发蒙了，不敢继续驾驶，而再次将车停下。

这或许就是司机师傅们常说的“魔鬼路”吧！长期的野外考察，使我结识了很多资深的司机，几乎每个人都向我说过碰到“魔鬼路”的故事：明明是条直路，但看到的是要拐弯；明明红日当空，车前却突然涌起黑雾……这是特殊环境中产生的错觉或怪异的现象。

四周都是热烘烘的，我们像是在一个巨大的蒸笼中，现在真是盼望来场倾盆大雨。

尽管带的水已很紧张，我还是要君早倒了一瓶水给小王洗了洗脸。

经过观察，我已判定远方的山影水光是蜃气造成的幻象　　戈壁中常见的海市蜃楼景象。我将这告诉了小王，以免他被迷惑。

我再次叮嘱小王不要赶路，如果到不了目的地，就在车中宿营吧！

路边出现“一里坪”路牌，又是雅丹群。幸而那些土丘都在一两百米之处，也不像南八仙那样集中。这里离西台吉乃尔湖只有四五千米，原计划是要去看看那个盐湖的神奇，现在只好取消。

太阳正在西沉，空中漫起了黄晕。

穿越一片小的盆地后，陡然进入峡谷，两旁红色的土崖陡立，右边是山，路在左边土崖处。风在东西向的峡谷中卷起四五条沙流，在低空如蛇游动，剔刮着两边的土崖，隐约中夹杂着沙土的摩擦声。

· 沙漠与雅丹地貌相杂、相邻。走出这片沙漠，刚拐个弯，
红色的山崖迎面而来，一片新奇的世界就藏在它的后面

君早说：“这不是正在创造雅丹地貌吗？”

是的，它生动地展示了雅丹地貌形成的过程。

车出了峡谷右转，路已在红色的山崖旁。路面突然平整、宽阔。山的高差大约有百来米。

现在，我们还不知道这座红色土山隐藏着那么多的神奇。否则，我们肯定会下车先睹为快。

小王说手机有信号了，并赶快给那位出租车司机家里打了电话。

路边出现了“茫崖”标识，难道已到了目的地了？

花土沟，不是开满鲜花的山沟？

这是一个只有几十户人家的地方。帐篷比房子更显眼，房屋低矮，修车铺的招牌随处可见。小王说这是老茫崖，是20世纪50年代石油大军建起的帐篷城市，在柴达木石油开发史上很著名。到了这里，就进入花土沟油田区了。

君早说："今天究竟到哪里？"

"花土沟呀！"小王说。

"不是说到茫崖吗？"

"花土沟也叫茫崖呀！茫崖——就是茫崖工委即县政府的所在地。还有一个茫崖呢！叫茫崖镇，离花土沟还有20多千米！那里是全国最大的石棉矿。"

"连地名都这么省着用？"

"这里原来都是荒无人烟的大戈壁、沙漠，哪有什么地名！是开采石油的大军来了后，才给地质队、油田起了名。就说这花土沟吧，是不是开满鲜花的山沟？你明天看了就明白了。"

灯火已经辉煌，映得湖水粼光闪闪。井架林立，机声隆隆，各种车辆穿梭不息。

这儿就是花土沟油田！

大自然在柴达木盆地的地层深处，储藏了一个巨大的油海、气田。

无论是石油还是煤都是由生物转化的。柴达木盆地曾有着繁荣的生物世界。

盆地的油田、气田大致可分为三个地区：西部茫崖坳陷含油、汽区，北缘块断带含油、汽区，东部三湖坳陷区。

· 中国最大、蕴藏最丰富的石棉矿在茫崖

目前，最大的两个油田——花土沟和尕斯油田都在茫崖，尕斯是尕斯库勒湖的简称，在蒙古语中意为“男人的眼泪”。

“花土沟”——“男人的眼泪”——整夜都在我心中回旋。

在这万里黄沙、千里雅丹的大漠，突然跳出如此富有诗意的名称——充满浪漫豪情——是大自然与人共同精心创作出的作品，大自然以神奇的造化为素材，智慧、汗水激起人的灵感……

在茫崖，我沉浸在发现的欢乐中，但也将无知造成的重大失误，留在了这里。为了弥补遗憾，第二年，也即 2005 年，在我和李老师从北线走向帕米尔高原时，我们又特意再回到这里，然而，遗憾仍是遗憾，至今仍留在那里。

清晨醒来，我急急忙忙和君早寻找着制高点，摸索着走去。

天气很凉，没一会儿，我们就走得气息粗重。城中的绿树、花草，几乎使我们忘记了这里的海拔高。

很好，我们终于爬到了一处高坡：山上的灯火正在失去辉煌，明亮的东天霓霞灿烂。

戈壁上升起一轮血红的初阳，原本红色的山体瞬间犹如一颗硕大的玛瑙，鲜艳、晶亮，一条条的沟壑从山上披挂而下，山垄漫圆，线条疏密有致——整个山体犹如一个佛手果……

难怪石油工人给它起了个好名字：花土沟。它比开满鲜花的土沟更富有诗意。

这也是一种雅丹地貌，因其呈红色，似乎也可称为丹霞地貌。

柴达木盆地的第一口油井，就是 1955 年 11 月 24 日在这里开钻的。喷出的石油，很像是鸣放的礼炮，宣告了柴达木油海的发现。

这座红色的被称为花土沟的土山，已有好几个油田正在生产。

北面的阿尔金山、昆仑山的雪峰直插云端，黄褐色戈壁的蔓延，把它们衬托得像是悬浮在蓝天中。

西边是无际的尕斯库勒草原。湖水确有一滴眼泪的形象。为何是男人的眼泪？因为它呈蓝色——庄重、深沉？是欢乐还是悲伤？

我正在浮想联翩时，朋友老陈找来了。

他说："我估摸着你们是到这里来了，凡是新来乍到的，都对'花土沟'这个名字寻根刨底。在这大戈壁上，能有开满鲜花的山沟？昨晚你们就问，我说要你们实地看看。怎么，看明白了吧？"

君早连说，生活是创作的源泉。

老陈个子不高，黑瘦，眼镜片很厚，一圈一圈的。他在茫崖工委工作，是西宁的朋友介绍的。我是真正的"出门靠朋友"。昨晚，我已将一些想法告诉了他，请他安排。

老陈说："还是先去千佛崖吧！"

君早说："千佛洞不是在敦煌吗？"

"是呀，可老天爷眷顾我们，送了个千佛崖。"

"那里也是油田？"

老陈说："喏，现在不就站在油田上？你每跨出一步，都是在丈量油田！"

君早挥手一拍脑瓜："弱智！"

泥塑艺术长廊

碧绿的杨树，是县城的旗帜，是一代代石油人在戈壁滩上栽种、用汗水浇灌出来的。并不宽敞的街道很整洁。市中心集中了商业区，其外都是石油企业。新城已具相当的规模。

市区的一大片旧房，窗子没了，只剩一个个长方形的黑洞。

老陈说："这里曾是青海石油勘探局，1992年迁到甘肃敦煌七里镇，这一片房子就空闲下来了。那年发过洪水，房基盐分大，经不住水泡；再说当年很艰苦，盖的都是简易房。当年，从老茫崖的帐篷、地窝子搬到这里，已算是天堂了。但现在，谁还敢住？也想把它拆掉，但有人建议留下，作为历史，会对青年人有所启发。

"这里的生存环境太恶劣了。'天上无飞鸟，地上不长草，风吹石头跑，六月穿棉袄'，是石油人最深刻的体会。

"在戈壁、沙漠上建立的城市，只有苍翠的树木，才能成为标志性的旗帜。绿色是生命的象征，是城市的灵魂。这么多年，我们总是努力栽树。你知道，这里栽棵树要成长起来有多难吗——干旱、苦寒、海拔高——有人说像生孩子。

"茫崖行政区是县级制，辖区面积31 000多平方千米，人口只有两万多，城里就集中了两万人。在这两万人中，绝大部分是开采石油的大军，茫崖是名副其实的石油城。"

车向东南方向开去，不一会儿就到了沟口。我们下车步行。

两旁是100多米高的红色土崖，笔陡的；中间是五六米宽的通道，我们像是走在深巷之中。

转过几个弯之后，沟中竟出现了两台红色的磕头泵，很有韵律地俯身仰起……它们相距只有十来米，都在左侧。前后没有一个人，有着动漫的感觉。

君早第一次见到磕头泵，不知它为何在这里不知疲倦地重复着一个动作。

老陈只好解释："从油井采油，初期石油是自动喷出的。钻机撤出后，建立了管道，叫采油树，上面有很多的仪表，标示出地层压力、出油的状况。狮子沟那边，很容易看到。随着地层压力的减少，油喷不出来了，只好用抽油泵抽取——它好像是在不断地磕头，人们就给它取了个很形象的名字——磕头泵。"

左边的土崖突然断折了一半，阳光泻进了山沟，照得右边的悬崖一片辉煌——谁在这里雕塑出如此磅礴的艺术杰作？

悬崖笔立，有七八十米高，壁面宽阔。

红色的泥瀑如从蓝天倾泻，在陡壁上突然凝固、悬挂，塑成千姿百态的钟乳、蘑菇、仙桃、灵芝……个个光滑圆润，鲜活油亮，呈现出成熟的美艳。只要你愿意，果香就会扑鼻，伸手就可采摘。

再前行，雕塑家才情一转，竟在崖面塑出千尊罗汉，层层叠叠，排列有序；个个盘腿打坐，双手合十，低眉垂眼，与敦煌千佛洞神韵相通。似是特意顾及瞻仰者的视觉，那一个个罗汉，上层较大，下层较小。

尤为奇特的是，在右前方，悬崖豁口处，有一孙大圣的形象，"猴"气十足，眼里迸发火花，毫毛毕现。我从来不喜欢将自然的景象穿凿附会，但在孙大圣面前，竟久久不愿离去。

路略向左拐，巨幅浮雕气势恢宏，风格奇异。红色巨壁平滑，所有的形象都不是在壁面上，而是在一条条纵向的沟中。它究竟是不是应该被称为浮雕？我一边瞻仰一边思索……

崖顶似有一古陶作坊。陶土与水相融，陶工不断搅拌，待到黏稠、柔韧，雕塑家将泥浆从顶崖往下倾泻，泥浆冲出一条条沟壑，同时随着艺术大师的灵感，浮雕出亭台楼阁、湖光山色、石榴、荷花、金鸡、鹿角、啸虎、鸣猴……最为叫绝的，是镂空的技艺炉火纯青，将艺术形象的立体感，将亭台楼阁的层次感展现得淋漓尽致……

是的，它再现了古陶的风韵！不由得使我想起柳湾彩陶——雕工细腻，细腻得犹如工笔画，细得连桃上的茸毛都看得见。对，太像藏族工艺大师的酥油花了——以酥油作为雕塑的原料。就是酥油花的感觉！

峭壁的壁面上有八九条浮雕沟，每条沟都是一组形象各异、风格有别的艺术品。

这条红土、泥塑的山谷，当之无愧是艺术长廊，是大自然创作的瑰宝。

我曾流连于徽州三雕——石雕、木雕、砖雕——它们在雕塑艺术史上有着特殊的光辉和地位。我在山川大漠中跋涉多年，是第一次见到如此恢宏、如此摄人心魄的天然之作。震惊的同时，我不由得感叹，谁说大自然没有创造的灵气！

从庞大的泥塑群不难看出，这是雨水的侵蚀，使这面处在特殊地理环境中的峭壁，成就了大自然艺术才华的挥洒。

强劲的西北风，已在对面堆起六七十米高的沙丘。

老陈说："上去看看吧。"

到了沙丘上，沟外也是一面红土山崖，也有沟沟壑壑，和我们早晨看到的井架林立的花土沟的地貌如出一辙。

君早很庄重地走到了老陈面前，深深地鞠了一躬："谢谢，陈老师！你让我欣赏到了大自然是怎样创作出艺术的雅丹群……"

"别，别，我这不成了贪天之功吗？"老陈急忙拦住他。

"虽然我是第一次到大漠戈壁，对她的奇特、神秘还了解得太少：一路虽然看到了庞大的雅丹群，但都没有在这里看得生动、明白。真的要感谢你！"

老陈伸手猛力按下他的双肩，不经意中君早已跌坐到沙上。老陈顺手一推，他就刺溜溜地滑了下去："胖子，滑沙吧！"

随即，他也拽起我，一同向下滑去。

一阵孩童般的笑声回荡在沙丘和艺术长廊中……

跟踪白唇鹿

尕斯库勒草原的碧绿，扫荡了几天来戈壁风沙在我心头的印象，有种久别重逢的感觉。

湖的对岸，羊群如浮云飘动。尕斯库勒湖在绿毯中发出蓝宝石般的光芒。

君早问老陈："它怎么是'男人的眼泪'？"

老陈说："我不是蒙古人，体会不了。你看，水草丰茂，牛羊成群，应该是欢乐的泪水吧！"

尕斯库勒湖边堆集着晶莹的盐花，它是盐湖。老陈说，那里蕴藏着钾矿。

在湖边的草原上，第一口油井边竖立起高高的纪念碑，它是尕斯油田历史的第一页。现在，它已是年产百万吨的大油田。其实，井架只占据了湖的一角，我们这些外行人以此推测，它有更为远大的前景。

尕斯油田与花土沟油田紧邻，一高一低、一红一绿的两个油田，使这片大漠有了参差的层次、鲜艳的色彩。

我们正在走向另一采油区时，似乎听到了一种细微的声音；驻足聆听，时有时无，若隐若现。

我学着猎人，趴在地上，将耳贴在地面……是的，那异样的声音中，有着蹄甲与碎石的摩擦……

声音是那样的细微、隐约，却在我的每根神经上产生了共鸣。从格尔木到大柴旦，再到茫崖，六七百千米的路程正是柴达木盆地的核心区。据资料记载和当年勘探队员的

· 在稍宽一些的山沟中，都有油井

回忆，这里曾是野骆驼、野驴、原羚的家园，见到它们成群结队并不稀罕，但我们没有看到一只。人类大批拥入之后，它们躲到了哪里？我一直在问，就像那天在沙漠中发现麝的踪迹。

“发现什么了？”老陈问。

“这里有黄羊、鹅喉羚、鹿？我说的都是有蹄类的野生动物朋友。”

“你吓了我一跳，还以为是地震呢！这里可是地震多发区，四级、五级的小菜一碟。黄羊、鹅喉羚当然有。尕斯库勒是自然保护区，北边的雪山不就是昆仑山、阿尔金山吗？白唇鹿、马麝、棕熊、藏羚羊都有。这里还是进入可可西里的通道……”

还没等他说完，我已快速向那边一溜小跑。我估计刚才的声源在四五百米开外。

七八月，是高原上草甸最灿烂的季节，黄色、红色、紫色的花竞相怒放，大地锦绣簇簇。

这片草甸植被茂盛：一丛丛的芨芨草，长得有半人高；凤毛菊开着黄色的花；苔草和芦苇圈起一个个小水沼；大花罗布麻、冰草夹杂在盐角草和蒿草中间。紫花针茅、禾草是优势种。

三四个伞状蘑菇，躲在凤毛菊的根边。老陈说还有一种鸡腿蘑菇，味道特别鲜美。

我问：“这里出苁蓉吗？”

· 蓝色的绒蒿花，在戈壁中难得一见

老陈说："听说过，但没见过。这里出的锁阳倒是很名贵的中药材。要想看，得请有经验的牧民……"

一蓬绿草，叶长大，茎上顶着如野葱花的花苞——不过花苞是白色的——像是水仙花，很美。老陈也说不出它的名字。

君早翻来覆去地看它长长翠绿的叶片："它们的叶片长得都很肥大，与在昆仑山看到的差别太大了，那里的植物叶子都很窄、很细，肉乎乎的，像绿绒蒿，还长了那么多的茸刺……"

老陈说："你在昆仑山看到的肯定是在干旱、高寒区。茫崖这边，在戈壁、沙漠边缘也有植被，那里的植物也是尽量缩小叶片的面积，有的甚至把叶子退化成针状，用嫩枝增加储水量，来对付巨大的蒸发量。据植物学家说，它们能用绿色的茎来进行光合作用。这里是湖边，生态环境变了，植物的形态与戈壁中的当然不一样……"

我做了个手势，请他们停止说话，放轻脚步。我看到那边的草丛有波动，显然是有野物在走动。我从波纹判断，它的体形较大。

草甸突然断头了，在一丛芦苇的后面是一片宽七八十米的戈壁滩。戈壁滩上鼓起一个个沙包，沙包上长着一丛丛高草，很像是块巨大的围棋盘上的棋子。

前进吗？必然暴露无遗，那些朋友肯定要发现。营群性的食草动物总是有哨兵的。后撤吗？那就失去了和这些朋友见面的机会……

转而一想，我不禁嘲笑起自己：怎么会落入猎人的思维中去了？我只是要见一见它们。

我大步向前走去，没有寻找任何的掩护，紧紧地注视着那些朋友可能出没的地方，甚至大声招呼着落在后面的老陈、君早。

那边的草丛沉默了片刻，终于有了动静，波纹起伏……

啊！一群鹿显露了出来，头上的叉角雄壮、华美，黄褐色的身躯矫健，大腿肌肉鼓突，有五六只，正迈着碎步离去……

领头的大角公鹿突然停住，转过头来看着我们。那雪白的鼻翼两端，白色的下颌、下唇，像是在自我介绍：我是白唇鹿，是受国家一级保护的珍稀动物。

虽然我们都已站住，但它做了自我介绍之后，就撒开蹄子，领着鹿群离去，只将白色的尾花留给了我们，好像是在说：再见！

君早提脚就要去追，我将他一把拉住：已打扰了人家，何必再去惊吓！

在它们左侧，又有一群鹿跑起。

我已心满意足。是的，看到它们健康、安宁地生活，我已心满意足。

一路走来，石油开发带来的财富令我满心喜悦，可是野生动物生存的状态又令我担忧。是的，人类占据了野生动物的家园，使它们失去了生存的空间。现实的矛盾时时拷问着我的心灵。

尕斯库勒草原是它们的避难所，或是仅存的最后的家园？

老陈说，有关部门正在加强保护区的工作，还想扩大范围。

世界海拔最高的油井

石棉矿在花土沟的东边。石棉具有良好的隔热性能，主要是做建材用。这里是全国最大的石棉矿产地，已探明的储量占全国蕴藏量的三分之一。

途经茫崖湖，我们看到湖边钻井队正在作业，磕头泵在抽油。

老陈说："它是咸水湖，奇妙的是湖底沉积的不是泥沙，却是石膏，石膏矿。"

君早说："柴达木遍地都是宝。我算彻底明白了。"

前方上空一片灰蒙蒙的，君早问："是不是沙尘暴？"

老陈说："那就是石棉矿了。露天开采，污染严重，正在治理。1958年建矿，开采条件艰苦，那时的顺口溜到现在都还流行：'男人女人分不清，窝棚垃圾堆分不清，下雪天晴分不清。'为什么？到处都是石棉矿的粉尘，像落雪一般，工作服上也是灰白的一层。"

巨大的矿坑总有几万平方米，一层层如螺旋楼梯。挖掘机正在开采，将矿石装进运输车辆。石尘弥漫！

矿石为灰白色，石纹中夹杂着泛绿的纤维。

成品石棉呈淡青色，松软，似有绒状。

世界上海拔最高的油井，在狮子沟海拔3400多米处。

狮子沟在花土沟。花土沟是个大概念，起先只是一处山沟，后来随着新油田的发现，演变成这座连绵的红色山原的统称，七个泉、尖顶山、红柳泉、南翼山、咸水泉、油沙山等油田都在这一区域。

· 屹立在海拔 3400 多米的狮子沟油田的采油树，以世界上海拔最高的油井而著称。它俯视着如花的山垄，标志着中国石油工业的崛起

从山下公路看去，红色的土山像是一个深秋的大金瓜，一棱一棱的——强烈的西北季风和雨水的侵蚀，将山体切割成一条条沟壑，形成了一条条纵向的山垄。

车爬上山坡，准确地说，是路在垄上，或者说路下即是深沟——在井架、采油树中穿行。

不久，我们转入一个山沟，两旁风蚀水淋的痕迹历历在目。以此判断，这些沟基本上都是南北向的。我们只穿行了1000多米，突然出现了一条横沟；再转向纵沟，爬上沟垄……

几下一转，连君早也发蒙了：“没想到山中有山，沟中有沟，真是迷宫了。”

沟中、垄上都出现了采油树。

不久，司机停车下去问路——他也转晕了。随后，他最少还停了三次车去问路——山沟、山垄中油田运输的路密如蛛网，拐错了一个岔口，就得重新再倒车回来；山沟中看不清山垄上的路线方向，山垄又套着山沟……

我不由得想起南八仙的八位姑娘。今天，我们在朗朗乾坤中，有着向导，有着现代的交通工具，在雅丹地貌中，还如此扑朔迷离，可见当年她们在昏天黑地的沙尘暴的雅丹群中所遭受的厄运。想当年先驱者为寻找石油所经受的艰难困苦，甚至献出宝贵的生命，那是怎样一种崇高的使命感。

君早要老陈看左边突出的山崖，那崖如一只坐地雄狮。

老陈说：“对，往那边去。”

一棵银色的采油树立在那里，平常得和别的采油树没有任何区别，但它在海拔3400多米的山崖上，是世界上海拔最高的油田。除了海拔最高之外，这口油井为何值得石油界骄傲自豪?

世界近代石油开发以来的100多年中，已出现了30 000多个油气田，绝大多数是在海相地层中。也就是说，石油是生成于海洋环境中沉积的岩层中。

石油是由生物转化形成的，海洋有海量的生物，海洋石油储藏量可以用海量来形容。

据此，20 世纪 20 年代，国外石油地质学家来中国考察后，认为我国陆相地层发育，而海相沉积缺乏，所以将“贫油”的帽子丢给了我们。

中国科学家就是不信邪。地质大师李四光提出，石油的存在关键不在“海相”“陆相”，而在于有没有生油的条件和储油的条件，还有对地层构造规律的正确认识。

正是在对国外地质专家成油理论的挑战中，我们在陆相地层中发现了大油田。

所以，这口世界海拔最高的油井，就有了特殊的意义。

站在山上看狮子沟，总算能登高望远了吧？其实，仍然只能看到前面的一条横沟。横沟上的山崖阻挡了视线。沟有 30 多米宽，能见度也只 100 多米吧。沟中左边有座正在钻探的井架，机声隆隆，井台上的工人正在提钻、取蕊；右边有三台磕头泵，不紧不慢地重复着俯身、仰起的动作……

我想往更高处爬去，希冀能尽量看到全貌。

老陈说：“对这里山套山、垄套垄、沟连沟，还没钻够？不是有诗‘不识庐山真面目，只缘身在此山中’吗？古代大诗人苏轼也有这样的感叹！我刚到这里工作时，有着和你一样的心情，试了几次都没成功。这个黑娃娃害羞怕臊，总是藏在花土沟中。不过，下去时，会看到得多一些。”

下山的路上，我们能窥视到好几条山沟。它们的地理构造都大致相同，窄沟只有几米宽，杳无一人；宽沟中不是井架，就是采油树。大自然就是这样安排的。

老陈领我们到狮子沟的另一层意思，是让我们尽量看到花土沟油田的面貌。

尕斯油田在湖边，可以一览无余。花土沟的头十个油田，却是藏在这层层叠叠的红色的雅丹地貌群中。

燃烧的石头

花土沟红色山原的最南端，是一脉黑褐色的山体，具有鲜明的个性——鲜明的个性总是蕴藏着特殊——它的石头能够燃起熊熊大火。当然，那石头绝对不是煤块。这座著名的黑褐色的山 60 多年前已标在地图上：油沙山。

我们早已弃车，徒步向那边爬去。似乎只有这样，才能表达我们内心的激动与渴望。

路不太好走，虽然并不陡险，但小溪多，大石杂乱，没一会儿我们就热汗涔涔了。

老陈走得很慢，还边走边瞅着。

“你在寻宝？别保守，让我也能分享一下嘛。”君早想逗他。

“你说对了。我在寻一种你不认识的宝贝，就是告诉你，你砸破了头也不认识。”

我停住脚步，向地面仔细搜索。听他话音，看他神色，不是全然的玩笑话。

如此寻寻觅觅，已到了山前。它与别处山体只是颜色不同。因为没见到奇特的景观，我正在选择登山路径。

老陈说：“不用再爬山了，往右边去。”

拐过一个山嘴，山崖突然断裂，形成浅浅的“U”形谷口。峭壁有八九米高，谷口有十多米。给我的第一印象，似是地质的剖面。我虽然没有参加过地质勘探，但在参加相关自然保护区本底资源调查时，曾参加过土壤调查，目睹过挖剖面的全过程。但峭壁上并没有人工开挖的痕迹，倒是有些凸凹，还有大的裂隙。

很快，剖面的奥妙显现出来了。应该说，峭壁正在为我启蒙，我渐渐读懂了大自然经历千万年书写的文字。

· 油沙山的油沙厚度有 150 多米，真是地质奇观

“老爸，你看！”

发现的喜悦堆满了君早的脸上，他正将脸面贴到崖壁上嗅、闻，又用手抠——看似是沙质，其实还是难以抠下。好在石壁脚下就有碎块，他捡了一块再放到鼻尖上闻：“这不是石油吗？真的，闻到了石油香……”

“还能是什么呢？”老陈说。

“哇！这深一层、浅一层、黄一层、黑一层的，黄的是沙，黑的就是石油。连我这样对石油一窍不通的门外汉，都明白了石油的生成，大自然真是百科全书！这是谁挖的？陈老师，是你们特意制作给学生讲课用的？”

“这叫直观教学。”老陈很得意，“不过，这是老天爷有意泄露机密，我们是借题发挥。大自然原本就是知识之源，想想看，有哪一种知识不是大自然提供的？胖子，好好读吧，这面石壁上的内容丰富着呢！”

老陈也当过教师，和我有着相同的人生经历。我来了后很快我们就成了好朋友，多少有些“和尚不亲帽子亲”吧！

石壁上黄黑相间的层次清晰，每层的厚薄都不相同。那黑褐色的是含油层，黄色沙层中的渗漏明显。它虽然不能说明石油的生成，但起码展示了石油在地层的储藏和运动。那每一层都是一个地质历史上的年代。地质学家说，地层每沉积一毫米厚，都要以万年来计算。地质学家也正是靠地质剖面、钻探来了解地层的构造的。

正因为如此，它叫油沙山。

油沙山在青海石油史上，为何如此著名？

骆驼灵感

油沙山是油苗。

早在20世纪40年代，地质学家们已来到这片大漠的深处。有修路的民工报告：捡到了一种黑色的石头，这种石头非常奇特——能够燃烧，有着蓝莹莹的火苗，称之为“天火”，像是神话中的宝石。

地质勘探者判断这是出露地面的油苗。

1947年，另一支勘探队又来到了柴达木盆地的北缘。这是个隆冬的季节，在大雪纷飞中，他们循着石头燃烧的光芒，终于在红柳泉的东边，弄清了油沙山的构造。

初步勘探的结果，沙层的厚度竟达到了150多米！大家欣喜万分，测量工程师庄重地将“油沙山”三个字标在地图上，从此揭开了柴达木石油的发现史。

油沙山在石油地质学家的视野中是油苗，是地层深处油田在地表的出露。

地质大师李四光的话浅显而明白，关键是要找到有无生成石油的地层和储藏石油的地层构造。石油、天然气极易挥发，因而地层虽然生成了油、气，但还要有一个储藏的构造，才能集聚。这个构造应是密封的，或者说它的盖子应是严实的，就像察尔汗盐湖深处的隔离板块，将淡水封存，和上面的盐湖隔开。

一当地壳的运动破坏了天然生成的油气田之后，油、气就要向上冒，遇到了沙质，就凝结其中，成了油苗！“苗”字非常形象、恰当。

新中国成立之后，1954年燃料部派出了第一支石油勘探队到柴达木盆地，吹响了向柴达木盆地进军的号角。这支队伍中就有当年发现油沙山的老地质队员贺明静。首选的目标即是红柳泉。队伍从西安出发，经兰州、敦煌，一个多月的艰难跋涉，才到达茫崖

·阿吉老人的铜像，双目如炬，注视着大漠油田

地区。

很多朋友——特别是 2005 年 7 月，我们从北线走向帕米尔高原，在敦煌七里镇青海石油基地——回忆了当年寻找石油的故事。

阿吉老人的故事最富传奇性，至今还在茫茫戈壁上传颂。

他 74 岁去世后，静静地安息在花土沟，墓碑上刻有“新疆且末县红旗公社木买努斯·伊沙阿吉之墓”。

据说，只有去过圣地麦加朝觐的人，才有资格取名“阿吉”。他年轻时是从中东来到且末，也有人说他是从乌兹别克斯坦迁移来的。总之，他曾和父亲经商，常年奔波在新疆、青海，对柴达木盆地的地理很熟悉，简直就是一张活地图。

在柴达木的戈壁、沙漠中勘探，向导常常决定着队员的生死、勘探的成败。第一位向导就曾带错了路。

阿吉是部队推荐的，他曾担任过剿匪部队的向导。

1954 年 6 月，阿吉为一支去西部的勘探队带路。

头两天的成绩显著，勘探队不仅发现了油沙、地蜡（油苗），而且发现了储油构造，地点就是油泉子一带。全队沉浸在喜悦中。队员们多是血气方刚的青年，满怀豪情地继续向西前进。

可是，他们似乎忘了总共只带了七八天的水。

6 月的沙漠、戈壁犹如火炉，鞋底都发烫，烤得人头涨，不见汗水，只见汗渍。身体里的水蒸发得太快，每个人都感到已被缩水。水就是生命。行进的路上也有水，但都是无法饮用的咸水。

尽管大家节约再节约，但到了第五天，全队的水只剩下 100 多斤。

队员们咬紧牙关，背着沉重的地质包，艰难地迈步。

危险信号来自运输物资的骆驼。第六天，一峰又累又渴的骆驼倒下了。

骆驼储水耐渴的特殊本领，使它们得到了“沙漠之舟”的美称。它的倒下，在队员们心头投下浓重的阴影。

那峰骆驼又挣扎着站起来，趔趔趄趄地跟着队伍。走不多远，骆驼又倒下了……

阿吉老人走过去抚摩着它的头，用袍袖揩干它嘴边的白沫，喃喃地说：“我知道你还能走，别泄气，好伙计。安拉保佑！”

队员们泪水模糊，为骆驼的命运，也为自己的命运。

神了，那峰骆驼果然又艰难地站了起来，踉踉跄跄地迈着步子，追赶着队伍……

阿吉老人眼中闪出了奇异的光芒，兴奋地说：“水，水，骆驼比我们人的本事大，它可能是闻到了水的气息……走啊！”

走啊，走啊，每迈出一步都要使出全身的力气；烈日当空，干渴难耐，死亡的阴影正一步步逼近。

第七天的黎明，疲惫不堪的队员们赶早、赶凉出发了。未走多远，骆驼们突然争先恐后地狂奔起来，像是感觉到了天地之中传来了信号。

队员们惊慌失措，不知发生了什么事情。它们背上都驮着仪器、粮食，若是炸了群，在这大戈壁中哪里能够找回？水的短缺已严重威胁着他们，眼看粮食又……真是祸不单行！

阿吉老人却举臂欢呼：“水，水，它们闻到水的气息了！”

是热昏了头还是……队员们更加不安。突然，队长也欢呼着跑起。

果然，一片绿洲映在蓝天的尽头。那就是茫崖，那就是尕斯库勒湖。

在死亡线上苦苦挣扎的队员们，全都拥向了那峰骆驼，把它紧紧抱住……

阿吉说，骆驼是真主送给人类的好朋友。在沙漠中跋涉，它能闻到几十千米之外的水汽。

勘探的结果：在茫崖、尕斯库勒湖，发现了18个可能储油构造，9处油苗。

第二年，也即1955年11月26日，茫崖第一口油井——油泉子油井开钻。12月12日，喷出了原油！

也是在1955年，又开展了盆地北部的勘探。

1958年，在冷湖五号构造上的地中四井开钻，只钻到650米深，发生了井喷。乌黑的原油急涌狂喷三天三夜，日产800多吨！

冷湖名声大噪。

展示凝固的历史

2005年，为了弥补2004年的失误，我和李老师再次返回柴达木。路线是从敦煌出发，翻越海拔近4000米的当金山口。出了山口是一条笔直的下坡路，有100多千米，据说它的“直”和“长”是上了吉尼斯世界纪录的。

就是在这段路上，我们看到了一种奇特的设施：路段渐渐宽阔，很像高速公路上的分路线，直到分出一条车道。过了100多米后，这条车道逐渐升高，路面突然断头，与山地滑雪的滑雪台太相似了。难道在冬季，这里是滑雪场？

我们正在猜测时，司机师傅说，因为下坡的路线太长，这是为防止刹车系统出问题，特意建造的应急设施。

经过大小苏干湖，以及大片突兀嶙峋的浅紫色山旁的流石滩，到达了冷湖。

冷湖是当年的石油基地，但成片的房子已杳无一人，基地已搬到敦煌。当然，也因为这里的油田已经老化。可谓兴也石油，衰也石油。

我们特意到冷湖的山上，寻到了一天喷出800多吨原油的第一口井。据司机说，当时的地质专家是冒了风险，决定在反“S”背斜构造高点上试着开钻。真有点歪打正着的味道。要不然，很可能就没有冷湖油田了。

冷湖、茫崖的石油开发，都经过高潮、低迷、再兴起的历程。

随着我国地质石油科学的发展、钻探技术的日新月异，地质学家们对这两个区域有了新的认识，发现了它更大的潜力，正在开始新一轮的探查。冷湖又重新勃发了生机，隆隆的钻探机声，就是最好的证明。

· 冷湖油田

· 采自青藏高原的完整的海洋生物化石。那个生活在千万年之前的贝类动物，就完完整整地凝固在其中

君早从谷口碎石中捡了一块黑褐色的，它和峭壁相似：用打火机点燃，竟然有了隐隐的火苗、淡烟。

“哈哈，这就是能燃烧的石头！陈老师，看啊！”君早对老陈说。

老陈只是抬头笑笑，仍然无怨无悔地在石头中寻找。

“找到了宝贝没有？”君早又问。

老陈没有答话，只是举起了握着的左手。

君早三步两脚，在石头中蹦蹦跳跳地跑了过去。老陈递给他一块石片。

石片为浅褐色，并非丹红、翠绿或纯白，形状一般。君早翻过来覆过去，端详、审视：“就这玩意儿？陈老师，你是逗我玩吧！”

“说过你碰破了头都不认识，还不信！”

君早又看了半天，然后举手一拍脑瓜：“哇！化石。真的是化石，是只动物的一小部分……”

“真想给你们找块完整的，可运气不好，只找到这块残缺不全的，强如没有吧。运气好的人，到这里能捡到很完整的化石。给你做纪念吧。”

我想起 2003 年去珠穆朗玛峰的路上，有人在路边的河滩上寻觅。说是滩，还不如说是流石河，河中全是从雪山上流下的石头，小者如拳，大者如斗。我们一问才知道是找化石的。谁也没有找到。

我们无法长时间停留，只几分钟就要上车赶路。

李老师有捡石头做纪念的爱好。家中的书橱里，陈列着她在雅鲁藏布江大峡谷、在黄河源、在巴颜喀拉山口、在腾冲的火山口、在明永冰川、在怒江大峡谷、在九寨沟、在南非好望角捡来的各种奇石，已蔚为大观。闲暇时，我们常常拿出把玩，沉浸于对一段段探险生活的回忆。

她赖着不肯走，被催急了，看一块青灰色的石头又圆又扁，很像一个石粑粑，就顺手捡了起来。后来这块石头被一位老者发现，说是化石。它被敲开后，里面果然是一只贝壳类动物的完整化石。

我对老陈说了这个故事，想说明找化石大多是可遇而不可求的。

老陈说："对，我也说个不经意中带来大发现的故事，就说近的。"

1957年10月，有支钻井队在三湖地区的涩北作业，只听啪的一声，井中突然喷出大火，火苗蹿得老高，气流发出嗞嗞的啸声，惊得大家不知发生了什么事。

技术员跑来一看，高兴得跳了起来："气田、气田！"原来是钻机碰到了地层裂缝，像是一下打开了天然气的阀门。这个偶然，带来了大气田的发现。现在涩北气田已是我国的第四大气田了。

我又回到峭壁前，再次仔细地读着那黑一层、黄一层的天书。

"老爸，又有新发现！"君早兴奋地说。

"我是想起了在盐湖上遇到的……"

"红帽背包客！对呀，柴达木真的是个绝妙的地质博物馆！ 5000多平方千米的大盐湖，全国最大的大钾矿、石棉矿、盐漠，排在世界前列的雅丹地貌群，多种雅丹类型，油海、气海、戈壁、沙漠、绿洲、雪山、冰川……多丰富，多精彩！是部大自然馈赠给我们的天书……那位老兄，肯定就是来做先期考察的！”君早说。

晚上，我们商量着明天去魔鬼谷事宜。

它在布伦台那边。老陈说，山谷有100多千米长，谷底高度海拔也有3200米，林木葱茏，湖泊密布，水草丰美。但它被当地牧民视为禁区，原因是气候怪异，往往平地卷起狂风，顷刻电闪雷鸣。那闪是三叉的，四叉的，更可怕的是炸雷滚滚，一浪接着一浪，击燃森林，击毙人畜……

我猜想那是否在高山冰碛湖附近，云南的梅里雪山、高黎贡山也有这样的高山湖泊。明明是青天白日，但只要谁高喊一声，不一会儿就风雨交加，但从不伤及人畜的性命。

老陈说，科考队冒着生命危险数次进去考察，终于揭开了它神秘的面纱：山谷中蕴藏着大面积三叠纪火山喷发的强磁性玄武岩，30多个铁矿点、石英闪长岩形成了强大的磁场。电磁效应引来了雷电云层中的电磁，空气产生放电，形成炸雷，森林、人畜就成了放电物体……

正说到兴头上，我接到了新疆朋友的电话，说是向导已从库尔勒到达若羌了，再次催促我们赶快往那边赶，与他会合。

是的，阿尔金山、塔克拉玛干大沙漠正在等着我们，走向帕米尔高原的路程还很长很长。

尤其是阿尔金山，那里高海拔的盆地、沙漠所组成的野生动物王国，几年来一直使我无限向往。

权衡再三，我决定放弃“魔鬼谷”的探险，明天去新疆，那里的阿尔金山在召唤……

谁知，这个匆匆的决定——不，是无知，是这么多天探索的喜悦冲昏了头脑——造成了极大的失误，以致 2005 年 7 月，我从北线走向帕米尔高原途中，不得不从敦煌返回柴达木。虽然经过极艰难的努力，但还是未能如愿，仍将深深的遗憾留在花土沟中。我们失去了一个绝好的机缘，机缘很难重复。至今，一想起失之交臂的阿尔金山——野生动物王国、沙漠中的涌泉、蓝色的湖泊，我还感到心痛。

遗憾也是期待……

刘先平四十年大自然考察、探险主要经历

1974 年

· 参加野生动物科学考察队和建立自然保护区的考察，主要区域在皖南的黄山和皖西的大别山。

1980 年

· 1980 年以前这里一直是刘先平的生活基地，至今每年至少会去考察两三次。

1981 年

· 4 月，在云南西双版纳考察热带雨林。5 月，在四川平武—黄龙—九寨沟—红原—卧龙等地探险，参加考察大熊猫。之后，在四川参加保护大熊猫、金丝猴考察，前后历时六年。

1982 年

· 在浙江舟山群岛考察生态和小叶鹅耳枥。

1983 年

· 10 月，在大连考察鸟类迁徙路线。11 月，在广东万山群岛考察猕猴—海南岛热带雨林、珊瑚。

1985 年

· 在辽宁丹东—黑龙江小兴安岭，考察森林生态。

1986 年

· 8 月，在新疆吐鲁番—乌苏—喀什等地探险及考察生态。

· 在甘肃酒泉、敦煌等地考察生态。

1988

1991 年

· 应邀赴法国、英国访问、讲学，同时考察生态。

1992 年

· 8 月，在黑龙江大兴安岭—内蒙古呼伦贝尔草原考察生态。

· 8 月，应邀访问澳大利亚，讲学，同时考察生态。

1993 年

· 9 月，在黑龙江考察东北虎。

1995 年

· 12 月，考察鄱阳湖、长江中游湿地、候鸟越冬地。

1996 年

· 11 月，应邀参加中国作家代表团赴泰国访问、考察亚洲象。12 月，在海南岛考察五指山—霸王岭黑冠长臂猿。

1997 年

· 7 月，在云南考察澄江寒武纪生物大爆发化石群；抵达腾冲，原计划去高黎贡山寻找大树杜鹃王，因雨季受阻；在西双版纳探险野象谷。8 月，在新疆考察野马—喀纳斯湖—巴音布鲁克天鹅故乡；首次穿越塔克拉玛干大沙漠。

1998 年

2000 年

·1月，考察深圳仙湖植物园。5月，考察江苏大丰麋鹿自然保护区。7月，二上青藏高原，探险黄河源、长江源、澜沧江源，由青海囊谦澜沧江大峡谷至西藏类乌齐；再至云南德钦，沿三江并流地区寻找滇金丝猴。10月，在广西考察白头叶猴。11月，至海南，再次考察大田坡鹿、红树林生态变化。

2001 年

·8月，应邀赴南非访问、讲学，考察野生动植物。

2002 年

·3月，在砀山。4月，在高黎贡山寻找大树杜鹃，一探怒江大峡谷，但因大雪封山，未能到达独龙江。6月，在湖北石首，考察麋鹿。7月，再去江苏大丰考察麋鹿。8月，三上青藏高原，探险林芝巨柏群、雅鲁藏布江大峡谷、珠穆朗玛峰自然保护区。

2003 年

·4月，在四川北川考察川金丝猴、大熊猫、牛羚。8月，应邀访问英国、挪威、丹麦、瑞典，由挪威进入北极圈。

2004 年

·8月，横穿中国，由南线走进帕米尔高原，考察山之源生态、风土人情，路线是青海柴达木盆地的察尔汗盐湖—可可西里—雅丹地貌—花土沟油田，翻越阿尔金山到新疆若羌，再次穿越塔克拉玛干大沙漠，至帕米尔高原。10月，参加中国作家代表团访问南非、毛里求斯、新加坡。

2005 年

·7月，横穿中国，由北线走进帕米尔高原，寻找雪豹、大角羊、野骆驼，路线是甘肃河西走廊—罗布泊边缘，再次从北线穿越柴达木盆地至花土沟油田；原计划进入阿尔金山自然保护区，未成，回敦煌—库尔勒，第三次穿越塔克拉玛干大沙漠，经托木尔峰—伽师—帕米尔高原，至红旗拉甫。10月，在重庆金佛山寻找黑叶猴；在沿河土家族自治县再探黑叶猴。

2006 年

·4月，二探怒江大峡谷，但又因大雪封山未能进入独龙江，转至瑞丽。6月，在黑龙江佳木斯考察三江平原湿地。10月，第三次探险怒江大峡谷，终于到达独龙江。

2007

·7月，在山东等地考察候鸟迁徙路线。9月，在四川马尔康、若尔盖湿地、贡嘎山等地寻访麝等。

2008 年

·7月，考察东北火山群，黑龙江五大连池—吉林长白山，考察辽宁朝阳古化石群。9月，应邀访问英国、丹麦。

2009 年

·6月，考察陕西秦岭南北气候分界线、大熊猫、羚牛。

·9月，应邀出席在西班牙举行的国际安徒生奖颁奖典礼，考察瑞士高山湖泊、德国黑森林的保护。

2010 年

·6月、9月、10月，在海南、西沙群岛探险。

2011 年

·7月，在神农架自然保护区探险。8月，六上青藏高原，考察青海湖—花土沟油田，在八年的时间里尝试了三次，终于在2012年进入阿尔金山自然保护区—西藏拉萨。

2012 年

·7月，考察湘西和张家界的生态。8月，在呼伦贝尔大草原考察。9月，在南鹿列岛考察。

2013 年

·3月，在云南、贵州考察喀斯特地貌和杜鹃花。

2014 年

·3月，在南海考察珊瑚。8月，在宁夏考察贺兰山、沙坡头、白芨滩、哈巴湖自然保护区。

2015 年